妫川文集

海陀山的呼唤

张和平散文诗选

张和平 著

北京出版集团
北京出版社

图书在版编目（CIP）数据

海陀山的呼唤 ：张和平散文诗选 / 张和平著 . —
北京 ：北京出版社，2021.12
　（妫川文集）
　ISBN 978-7-200-16818-1

　Ⅰ . ①海… Ⅱ . ①张… Ⅲ . ①散文诗—诗集—中国—
当代 Ⅳ . ①I227.6

中国版本图书馆CIP数据核字（2021）第244327号

妫川文集

海陀山的呼唤

张和平散文诗选

HAITUO SHAN DE HUHUAN

张和平　著

*

北 京 出 版 集 团
　　　　　　　　　　　出版
北 京 出 版 社

（北京北三环中路6号）

邮政编码：100120

网　　　址：www.bph.com.cn

北 京 出 版 集 团 总 发 行
新 华 书 店 经 销
北京朝阳印刷厂有限公司印刷

*

787毫米×1092毫米　　16开本　　18印张　　246千字
2021年12月第1版　　2023年7月第2次印刷

ISBN 978-7-200-16818-1

定价：58.00元

如有印装质量问题，由本社负责调换

质量监督电话：010-58572393

序

飞雪迎春到

　　2022年，四年一度的冬奥会即将在北京举行，届时大会将上演一场拥抱冰雪的激情盛宴，而最令人感奋的高山滑雪等精彩项目是在延庆境内北京第二高峰海陀山上举行。为迎接冬奥会来临，中国国际文化交流基金会妫川文学发展基金管委会、延庆区作协联手北京出版集团编辑出版了这套大型丛书"妫川文集"，以之作为盛会文化礼品，这是一个非常值得称赞的文化创意。

　　延庆，古称妫川。28年前，我任北京市副市长的时候主管科技、教育，多次到过延庆，结识了一些文化、科技、教育工作者。特别是1997年兼任北京控股集团有限公司董事局主席时，吸纳八达岭旅游公司加盟北控在香港成功上市，进而收购龙庆峡、开发玉渡山风景区之后，跟延庆的联系就更紧密了。延庆是个被历史文化深深浸润着的地方，缓缓流动着的古老妫水，炎黄阪泉之战的古战场，春秋时期山戎族遗迹，古崖居遗址，饮誉海内外的八达岭长城，厚重的历史人文和钟灵毓秀的山川，滋润着这片土地，也滋润着这里文化的传承和发展。

一转眼快30年了，无论我在北京工作，还是后来到香港工作，我对延庆的文化、科技、教育发展始终投以关注，也相知、相识了一批默默推动文学艺术发展的有志之士。延庆乡土作家孟广臣同志是个代表人物，20世纪50年代曾出席过全国文联代表大会，受到过毛泽东主席和周恩来总理的接见，出版过许多颇有影响的文学作品，他影响和培养了一大批文学爱好者，对当地的文化发展做出了卓越贡献。

而更重要的是，坚持推动地区社会主义文化艺术繁荣发展，一直为延庆区委、区政府所高度重视。据了解，延庆区作协成立较晚，但是最近5年，在党和政府的大力支持下，他们做了许多事情，在对重点作家进行培养、助力文学新人成长方面，打造了一种积极热情的社会氛围。特别是在挖掘弘扬延庆红色文化方面，做出了不俗的成绩。在这里，还要特别提到一位也曾在延庆工作过的乔雨同志，他当时是我们北京控股集团有限公司董事局最年轻的执行董事、八达岭旅游公司董事长，也是中国作家协会会员。乔雨在诗歌、散文、纪实摄影创作方面成绩斐然，先后在伦敦、巴黎举办了"行走中国"个人摄影展。更重要的是，他对延庆当地文学艺术创作的发展，发挥了承前启后的推动作用。

进入21世纪以来，当代文学创作多少受到了经济发展的冲击，延庆也一样。这个时候，在相隔10年的时间里，乔雨先后主编出版了《妫川文学作品精选集》《妫川文学作品精选集（2001—2011）》。前一套汇集了1950年至2000年80余位延庆籍作家的260余篇作品，后一套汇集了21世纪前10年的佳作，计有135位延庆作者的500篇作品选入。这两套书的出版，在当地产生了较大的影响，团结和发现了一批文学创作者，激励和调动了他们的创作热情，这些人中的佼佼者先后加入了北京作家协会和中国作家协会，成为当今妫川文学创作的中坚力量。

还有，在乔雨的积极奔走努力下，2018年夏天，中国国际文化交流基金会专门为延庆设立了"妫川文学发展基金"，资助延庆作家出版图书；设立妫川文学奖，每两年评选一次；激励、支持延庆作家和文学爱好者进行文学创作，冲击国内外大型文学奖，从而促进延庆作家创作出具有时代意义和世界眼光的精品力作。这对延庆的文学艺术发展，是一件功在当今、泽及后人的事情。据了解，这个基金成立后作用显著，已经有19位作家正式出版了个人文学专集或获奖。以上这些都为本次大型丛书"妫川文集"的诞生，奠定了坚实而重要的基础。

文学，作为文化重要的表现形式，在德化民风、善润民心方面发挥着不可替代的作用。延庆正是因为有了像孟广臣、乔雨、赵安良、周诠、谢久忠等一大批埋头苦干、默默耕耘者的无私奉献，才推动了妫川文学大发展、大繁荣。

本次编辑出版的"妫川文集"，是对延庆文学创作的一次大检阅和汇总，也是延庆经济和文化共同繁荣发展的一个标志，更是当代延庆文艺工作者留给历史的文学记忆。本文集精选了乔雨、石中元、陈超、华夏、远山、谢久忠、郭东亮、周诠、林遥、张和平、浅黛11位作家的文学作品，以个人单集的形式出版，汇成文集。石中元创作的报告文学《白河之光》，真实再现了"南有红旗渠，北有白河堡"的历史画卷，是记录妫川儿女在那个火红的社会主义建设年代中埋头苦干、默默奉献的群英谱；郭东亮主编的《妫川骄子》涉及古往今来41位延庆籍人物，从侧面反映了延庆的历史发展进程；周诠的《龙关战事》收录了近年来他创作并在《解放军文艺》等期刊发表的5部中篇小说，基本代表妫川小说的水平。"妫川文集"收录的作品包括诗歌、散文、小说、报告文学、摄影作品，大部分都是在全国文学期刊和报纸上发表过的，有不少曾结集出版，其中还包含了许多曾获得过全国奖项的作品。它不仅能够体现一个地区的文学水平，其中有的作品甚而达到了中国当代文坛的艺术水准。

伟大的时代需要创造伟大的业绩，伟大的业绩需要伟大的作品来讴歌和表达。新的历史时期，以习近平同志为核心的党中央高度重视社会主义文艺工作。习近平指出："文艺是时代前进的号角，最能代表一个时代的风貌，最能引领一个时代的风气，实现'两个一百年'奋斗目标，实现中华民族伟大复兴的中国梦，文艺的作用不可替代，文艺工作者大有可为。广大文艺工作者要从这样的高度认识文艺的地位和作用，认识自己所担负的历史使命和责任，坚持以人民为中心的创作导向，努力创作更多无愧于时代的优秀作品，弘扬中国精神、凝聚中国力量，鼓舞全国各族人民朝气蓬勃迈向未来。"引导广大文艺工作者，也包括入选本文集的延庆籍的作家们，应充分意识到重任在肩，时不我待，要结合实际，深入生活，扎根人民。为人民书写，为人民立传，为时代放歌，创作出更多无愧于时代的优秀作品，推动社会主义文学艺术繁荣，这不仅是我们的责任，更是我们的光荣使命。

古往今来，包含民族精粹的博大精深的文化和当代的文学艺术，都是推动社会发展进步的重要动力。我深信，这套大型文集的出版，无论是对宣传延庆、展示延庆，提升延庆的知名度和美誉度，还是对延庆文化的传承创新以及经济社会发展，都将产生积极而深远的影响，也为实现首都"四个功能"战略定位贡献一份力量。

是为序。

胡昭广

2021年金秋于北京

注：

胡昭广，北京市原副市长，中关村科技园区第一任主任，（香港）北京控股集团有限公司董事局主席，京泰集团董事长，中国国际文化交流中心顾问。

目录

第一辑

人生驿站

第二辑

感恩岁月

第四辑

凝眸亲情

第一辑

人生驿站

雄性的部落

从黄河古道的泥土中走出一群肌肉凸起、线条豪迈的精灵。

穿过星座记忆的尘埃，穿过人们渴望的目光，走向辉煌的东方，走向那片多情的黄土地。

这便是大自然造化的精灵，雄性的部落，是所有生命图腾的偶像，一种力的昭示。

穿过兵马俑的方阵，穿过厮杀的狼烟，一身正气所向披靡，一路高歌，身后留下永远无法破解的谜。

抖搂掉一天狩猎者的野性，让夜幕涂成大漠中粗犷的剪影。

古铜色肌肤遗传着原始的力度，生命的遐想，你刀刻般的脸膛虽已被烈日镀黑，但依稀可辨别出几个扭曲的象形字，一种阳刚的诱惑，一个蕴含着无限智慧的闪亮词汇。

他们是雄性的部落，一种美的折射，雄浑而博大的阵容，让青山感慨，让青松翠柏动情。

用无畏的牺牲去涂抹血色的黎明，用强健的手臂去举起创造的意念，撞向灿烂的明天。

兴奋时，他们纵酒欢歌，狂跳为舞，或挥舞双臂，鼓动起阳刚的喧腾；悲怆时，他们则沉思以待，或者凝眸黑森林，举起复仇的铁拳，发出气壮山河的怒吼，令邪恶胆寒。

为了盛开的花朵、心中不败的追求和精神寄托，他们不忘初心，精神抖擞，勃发起奋进的欲念。

他们没有泪水，泪水早已被黄土地吸干，有的只是崛起的欲念和雷霆万钧的爆发。

只要还有一丝生之希望，他们便会把智慧之犁插进黄色泥土，去种植心中的太阳。

他们可以逶迤成古长城的堞垒，去装点关山，可以铸成钢铁的脊梁，汇聚出滚滚铁流，可以化作博大的海洋，任百舸争流。

他们是雄性的部落群，让懦弱止步，让正义伸张；

在世纪风的簇拥下，诞生出一个个关于他们的传奇，古老的黄土地上，矗立起一尊尊关于他们图腾的塑像。

感受豪情

戈壁上的岁月早已风化，被无情地埋入地下，沙丘恣意横长，漫卷的大漠抚摸着你沧桑的脸庞。

在这片少见的绿色土地，在空旷苍凉的戈壁，只有贫瘠和平坦的山脉构成孤独的风景。赤红的沙丘，裸露的岩层以及远行的驼队。

绿色躲进了阳光温室的一隅，成为人们想象中的宠物。

在这个季节，站在旷野就犹如深入一个巨大的思想的旋涡，苍穹中的星光那么的深邃却又孤独无援。

站在旷野里的时候，视野变得清晰起来了。旷野如此广袤，没有边际，没有国界，远处的山河和近处的水构成了立体的画卷，西域、楼兰古国、干枯的胡杨林，化成了残垣断壁，在狂风中蔓延出海市蜃楼。

你站在地域的中央，仿佛就成为地球的主宰。此时，所有的回忆，那些低回的乡音，以及穿越峡谷的雄鹰，都会成为你追逐的偶像。

脱光了衣服的树木，汩汩流淌的河流，都在你滚烫的目光里生动地狂舞着，你不会遗忘也无法遗忘，生命中所有的细节都变得和你息息相关，成为这里的一种永恒。

面对传说中的皑皑白雪，面对崛起的欲念和丛生的希冀，一种豪情不禁油然而生。你会面对粗粝的北风和戈壁滩上的荒原，豪情万丈地去畅想一切，放纵地高声呐喊。

让厚厚的积雪重新孵化出生命的原色，化作涓涓细流，涤荡去满目的尘埃，让鲜活的意念去绿化人们的记忆。

这个季节，你会走进天地的瞳孔，迎着暴风骤雨，凝视着雄性的太阳，让软弱的思绪接受炼狱之火，然后挽一缕白云，去追逐生命中最后的偶像，去祭奠那个破碎的梦。

蓦地，一道橘红的曲线拱破遥远的地平线，进而临盆的血光冲开荒芜的土地，引得大地一阵阵战栗，你仿佛感到了戈壁的阵痛，感受到生命的声声呐喊。

一刹那，仅仅是一刹那，一个红彤彤的婴儿在无数祈祷声中，在人们望眼欲穿时，轰然降生了。

戈壁不再是荒凉的昨日，不再飞土扬沙，不再是古道，西风，瘦马。而是化作漫漫红尘，诞生出几多优美动人的传说。

站在天地间倾听旷野，其实不仅仅是为了倾听，而是为了一种心灵的陶冶和洗礼，站在旷野振臂呼唤，不仅仅是激情的释放，更是雄性阳刚的崛起，一种信念的力量。

根的神韵

一

山岩上的树根挺立于悬崖一侧，与山野和头顶的青松凝为一尊力的塑像。紧抓着苔滑的崖壁，把力挤进山岩，去探索生命的源头，为头顶的绿色汲取营养，然后目睹古铜色的虬枝突进苍穹，挺向蓝天。

你本属于一片沃土，可以分享花香和欢乐，因立志太高，便注定了此生的孤独和磨难，注定终身与清贫为伴。

在风与雨的交错处，你抓住属于自己的机遇，拼命吸取营养，然后把希望寄托于自己的心头。

在磨难中，你畸形地生长，扭动的躯体便是你奋斗的足迹。

即使在诗意疯长的季节，诗人留恋的也是你头顶的青松，不曾想到忍受孤独饱经风霜的你。

你静静地思考着，默默忍受着命运的安排。

面对幽深的峡谷，你已别无选择，唯有拼命地生长，用智慧和力量去熔化山岩，顽强且韧劲十足地去开垦坚硬的处女地。

二

村头老榆树的根深深懂得，自己千丝万缕的血肉之躯正养育着一个古老的村庄。

于是，你盘根错节，编织出一部古远的传奇。

你的依恋也是黄土地的依恋，你的传奇也是村庄的传奇，而默默无闻的土地又是何等情怀。你将气管点化成血管，把黄土地的爱恋倾诉给那些盼归的心，那些顽皮的孩子便是你的听众。

树成了村庄古老神圣的旗帜，你便是村庄悠久的化石。

乡亲们在你哺养的大树下欢歌狂舞、祭祖祈祷，或私订终身，寻情约会，你无私地奉献出自己裸露的躯体，显示出博大的胸怀。

三

展览室里的根立于文雅的红地毯上。

此时，你被扒光了皮，甚至挤掉最后一滴血液。然后在你的伤疤处涂上一层漆，默默地向人们昭示着什么。

这是一种畸形的欲望，你出卖了灵魂，将一生都交付出去，不再属于自己，甚至连姿态都屈从于设计者的意志。你不再拥有赖以生存的山岩、泥土。

尽管阳光异常充沛且温度适宜，你只能望着窗外的绿色，感叹失去的一切。

人们或对你评头论足，或将你拱手转送，或牟取暴利，你成了人们的一种玩物。

终于，你忍受不起百般的折磨，发出了痛苦的呻吟，但随之被无情地抛进了熊熊燃烧的炉火。

对视人生

一

逝去的很多，在那个多梦的季节。

无形的手臂搂住陌生的自我，任灵魂飘向遥远的天空，为梦中的影子去寻找归宿。

没有花草，没有绿洲，甚至没有生命之水。

我在浩瀚的宇宙中放飞自己的真情，任思维穿过时空的阻隔，穿过无形的肌肤，触摸你的黯然神伤，跟随你寂寞于秋风庭院。感叹别时容易见时难，流连于一棹春风一叶舟。

信念，脱离我的梦境，成为一抹淡淡的象征。

坠入沙漠的我，全裸着赤诚的灵魂，不知所措。

内心却极度渴望潇洒，渴望那个晶亮的童话。

这个季节，幻想丰富极了。

但绕过孤独的风景，漫步青春的舞池。我才发现，常春藤的水分正在不断蒸发，成为一种生活的标本。

不远处，一座五彩的桥正向我招手。

二

在青草与鲜花之间，在痛苦与欢乐之间，我呼唤绿色，渴望绿色的超脱。

我们真诚地面对滚滚红尘，将一颗心放在其间烘烤、晾晒，根本不去提防伪装的险恶。

摆脱那些被杂草羁绊的日子，枯黄的昨日。竖起风雨中远行的风帆，使每分每秒都绷紧成一种冲动，成为生活中繁忙的陀螺。

面对变幻莫测的生活，我们变得能屈能伸，变成了名副其实的男子汉。累了，抽一根烟；哭了，擦干眼泪继续干；痛了，吼几声再挥汗如雨。在梦中，我大声呼喊着，雄起！

呼唤燃烧不熄的欲火，烧尽记忆中丛生的杂草。

静心倾听旅行者叩响荒漠的足音，任泪水掩去耸立的梦幻城市。把浮躁、抑郁浸泡在汗水中，发酵出爽朗的笑声。

沿着曲曲折折的小径，我似乎找到了梦中的海市蜃楼，进而跌跌撞撞，变得头破血流，变得疮痍满目。

毕竟幻想很年轻，现实很骨感，漫漫红尘中，我找到了生命赖以生存的股票，找到了灯红酒绿的快感和潇洒，填充虚弱的灵魂。

是谁用美妙绝伦的舞姿，迷乱了我的眼睛？

三

一只金色的发卡，在晚风中向我微笑。

穿过某些女孩儿鄙视的目光后，我们看似成熟了，开始窥视自己丑陋的灵魂，反省昨日的作为，竟捕捉到一缕捉摸不定的目光。

面对那些闪烁着金色的股票，我表现出少有的冲动，彻底成了井底之蛙，惊恐万状地望着滚滚红尘。

多情的思绪游过干涸的河道，游过记忆的沟壑，一丝自嘲油然而生，产生了许多陌生的情节。

我们睁大了好奇的眼睛，面对现实彷徨起来，表现出少有的冷漠。

进而，我们遭到世俗的疯狂打压，变得体无完肤，身心憔悴。

没有失去的痛苦，哪有得到的欢乐？

良知曾经这样忠告我。

四

我在世俗面前爬行着，成为一个名副其实的乞丐。

爬过无形的夹缝，爬过人们的目光，心里流淌出殷红的血。

面对精彩的世界，我虔诚地伸出清贫的手，祈求智慧的施舍，渴望得到一缕阳光，渴望得到一把金钥匙，用以丰富自己的智商。

尽管青春树在拼命疯长，搞得我困惑不已，但我们却抑制不住躁动的心，面对新奇的色彩，怦然心动。

不远的悬崖上，一株野花在频频向我招手，且张开了美丽的唇。但走过去就会掉下去，摔得粉身碎骨。抬起头，依旧是世俗的山脉连绵不断。

红尘中，我成为一尾自由游弋的鱼，成为一叶自由漂浮的萍，随风飘摆。

五

透过无端的烦恼，我在追忆过去的故事，尽管故事的情节很迷人。

人生中，我用行进的脚步去重新组成生命的五线谱，弹奏出欢快而又忧伤的旋律。

风在地平线上颤动，无力地呻吟着，我用手指的温度，融化了漫长的雪夜。

梦幻依旧像海水一样在身边奔涌，发出大声喧哗，表现出少有的激动。颠沛的旅程已成过去，稚嫩的青春已生长成一道风景。我害怕轻闲的生活会使我长出皱纹，害怕生命之躯陨落为无声的尘埃。

我开始在知识的海洋里遨游，在认知的群山攀登，品味着独对人生的苦果。

音乐的巨浪是多彩的，在五彩的海洋中舒展身体，逝去的微笑便会成为闪烁的航标。

远航是值得自豪的事情。

移动的山

一座绿色的山由远而近，慢慢切入心底，定格在风与雪的边境线上，留下了许多美丽的传说。

伴随着风的舞动，阳光丰满了许多。更有五彩的音符在蓝天跳动，且姿态优美，引起绿色的风驻足观看，产生种种萌动，让尘世中的红男绿女为之动情。

此刻，你强健的手臂搭在一起，在尘世间便架起一座桥，一座通向昨天与未来的桥。斑斓的灯火滚动在上面，桥面吱吱作响，让那些熟悉了平淡生活的人感觉出一种不适。

不过，他们很快就习以为常了，因为他们深深体味到了这棵移动的树的神奇魅力，没有他们的存在，这个世界将会无法成为完整的世界，和谐的音符将会离他们远去，真理有时会蒙上一层灰土，人间的温暖会被无知给亵渎。

在绿色身影的笼罩下，桥下的溪水中，那个绿色的梦化为一幅浓墨重彩的风景画，让那些漫步在红尘中的旅人感慨不已。他们会趁着浓浓的酒意，荡起一叶爱的小舟，浅浅吟唱着人间的喜怒哀乐。

跨过山峰沟壑，跨过生命的死亡线，移动的山吟唱出你动人的旋律，古老的世纪风欢呼雀跃，流泻出你动人的情影。

尽管有些凄楚，甚至让人感到有些不解。但执着的你不以为然，因为你坚信，你虽然渺小，但注定要为这个世界带来吉祥。

你明亮的瞳仁里，分明抚叩着那扇用血汗编织的窗，以及那个被战争遗忘的乳名。

山不知疲倦地移动着，年复一年，日复一日。企盼着这样一个日子，牵着五彩的车流，步入成熟的季节，重温久远的安康。

老屋里的阳光

虽是冰封雪冻的季节，但在爬满常春藤的老屋里，阳光依然很温暖。且古色古香，充满了无限的诱惑。

随手捉一缕阳光，细细品味其中的韵味，然后站在光秃秃的山顶上，听温文尔雅的山风讲述昨天发生的一切，树竟被感动得落了泪，而身在远方的你却全然不知。

屋外有雪的柴堆是楚辞里古朴的文字，记载着老屋的风雨人生和传奇般的履历。每个文字都韵味无穷，听后让人荡气回肠；

每一页都写满了祝福的脚注，充满了老屋内心对生活美好的祝愿。那斑驳的土坯墙，默默诉说出她年代久远的历史，恰恰是这青山绿水的久远年代。

春的目光常来翻阅老屋那潮湿的记忆，然后把信念和汗水连成五彩的云，为山乡勾画出绿色的坐标，点化出那首古老的歌谣，让绿色的风尽情传唱。

山被感动得流出了汩汩的泪水。

老屋的旁边是一处汩汩流淌的山泉，雨后初晴时，站在烟雾缭绕的山林里，任山泉的哗哗声穿过层层迷蒙，轻轻撞击着你的鼓膜，然后目送她以高昂的姿态跌进深潭，义无反顾地顺流直下。

淙淙的溪水宛若一曲天籁，然而泉水的脚步似乎没有停下，顺着蜿蜒的河道，汇入山脚下的大河。

时过境迁，老屋的主人已经搬迁到山外去了，老屋依旧恋恋不舍，坐落在半山腰，满目含情看着绵延起伏、四季常青的大山，以及房前屋后的山林。

老屋厚重的木门上面长满了青苔，斑驳的土墙也渐渐剥落，只有被自己坐热的青石板，依然静静地躺在对面的土路边上，依然在心头轻轻哼唱着童年的歌谣，等待着主人的回归。

浑雄的山赤裸着灵魂为你狂舞，大山深处把酒狂欢的子民，用豪爽的唢呐演奏出几多阳刚的交响曲，引得太阳驻足观看，且迸发出热烈的掌声，多情的谷子也笑弯了腰。

老屋里的阳光很温暖，融化了山岩的记忆，将大山紧皱的双眉熨成喜庆的弯月。

当你每一段惊险的故事被山里人的嘴唇磨得发亮时，大山那个五彩的梦正在你目光中拔节。

那是城里画家的又一篇获奖力作。

大写的人（五章）

先　人

并不是所有的亡者都可以称为先人。

并不是所有的先人都可以被后人崇拜。

历史的深处，先人以独特的姿态书写昨日的辉煌，以超人的思维和辛勤的汗水，奉献出响当当的人生哲理，铭刻在后人的心底，让后人瞩目，成为后人的楷模。

先人的图像十分鲜亮，经历世纪风的雕塑，早已积淀为一座立体的纪念碑，矗立在教科书中，在时空中熠熠生辉。

先人的足迹清晰可见，虽然历经沧桑，却在太阳光下熠熠闪亮，充满了厚重的质感。

阅读先人的足迹，后人自豪无比，甚至成为那些投机者炫耀的资本，收割着世界的金币。但是他们无法理解先人们无悔的追求，无法体味到搏击者的勤奋及内心的骄傲与自豪。

先人坐在历史的风景里，深情地注视着后人，渴望他们超越自己，跨越历史的高度，成为超人。

在纪念碑的基石下，先人们正举着猎猎旌旗，列出方阵，成为后人追逐的偶像。

先人化作漫天星辰，照耀后人前进的方向。

只有这些人，才可以称为先人。

哲　人

在你深思的目光中，始终写满了对真理的无限向往，写满了对人生不倦的追求。

面对芸芸众生，你从生活中摸索出一些人们早已熟悉的东西，经过缜密的思考，再赋以新的内涵，让那些凡夫俗子一遍遍地咀嚼，一次次地倾倒，震撼，一次次感慨，流下真诚的泪水。

五彩的世界在你的目光中渐渐抽象起来，进而演化成名言、绝句，成为一段段名言，成为人们前行的航标被历史久久传唱。

哲人的表情永远高深莫测，哲人的语言永远慷慨激昂，催人奋进，被正义与邪恶的人无休止地引用。

哲人的生活永远充满坎坷，思考伴随生活的每一刻，在平凡中体现出自己的价值，昭示出真理的主题。

哲人用自己的一腔热血点燃了生命的火炬，照亮了世界的每个角落，也照亮了未来。

哲人的思想永远是个谜，一个永远也解不开的谜。

商　人

你的大脑深处，刻满了各国货币的符号，打满了金钱的烙印，让世俗的目光褒贬不一。

在五彩的世界，你一头扎进商海里，在波涛汹涌间中流击水，升沉起伏。用自己的智慧陶冶出一枚枚金币，在官场和商战的灯红酒绿中晾晒，派生出种种奇闻逸事，每一件都成为人们议论的焦点。

在这里，所有的许诺都成为期待，所有的希望都隐藏在种种冒险之中，让懦弱者止步。

股票、银行卡、互联网，每一个现代名字，都在你的股掌间传递着滚滚的财源，体现着无形的价值。

金融街，中央商务区永远是你魂绕梦牵的圣地，是你梦寐以求的最高殊荣。

在这里，人间的亲情成为无情的对手，所有的金币都被你自私的影子镀亮。

商旅如歌，高潮迭起，叠映着追求者的身影，也透出人之初最贪婪的本色。

在金色的世界里，你面对震耳欲聋的金币碰撞声，如醉如痴，以古老的算盘与现代电脑一争高低。

欺诈与蒙骗应运而生，投机与取巧有了新的内涵，权钱交易有了更深刻的内涵。

就这样，你日夜的忙碌构成了人生的坐标，击浪的身姿剪影成一曲《金色狂想曲》。

商人，你成为世界最富有而又最贫穷的人。

诗　人

所有的语言都来自你诗化的人生；

所有的意象都凝聚着你孤独的思考。

你的目光翻阅了生活的每一个片段，每一个细节。然后，注入浓厚的情感，吟唱出千古绝句，使整个世界产生共鸣。

诗人，你一生与缪斯之神为伍，在唐诗宋词中提灯夜行，以心灵的笔诉说孤独的心境和灵魂的思考。

所有的诗情从你的眉宇间，从你的灵魂深处汩汩流出，折射出你火热的激情，令世界顶礼膜拜。

如蝉鸣一样执着，每一句诗行都注满了你饱满的情怀；如火焰一样热烈，每一句话语都凝聚着你对人生的思考。

血一样鲜亮的语言，从你高傲的嘴角溢出，在尘世的风景中展开，凝固成不败的主题，令世界哗然、动情。

用燃烧的血液酿造成精神的琼浆，让世人品尝。用诗化的语言赢得社会的大声喝彩。

你以丰富的情感支撑起整个世界，成为精神的百万富翁。而生活中的你，却穷得只有一支笔和难以为继的家当。

诗人，我只有仰视，才能看到你高昂的头颅。

军　人

其实，你的名字本身便预示着一种牺牲，一种最高的奉献。

无论是正义的追求，还是卑鄙的邪念，都会将你推向战争的角斗场，推向枪林弹雨的最前沿，推向遥远的边塞。

一场场战争后，大地上堆满了你的尸骨。

一面面国旗，都染满了你的血浆。

为了每一寸国土，每一寸天空，你付出了自己的血与汗，付出了生命之躯，在世界中塑造出一尊尊历史的浮雕。

千百年来，你举过大刀长矛，举过现代的兵器，乃至令人类骇然的核武器。但你的职责不曾改变，你的命运不曾改变。

尽管你有过痴迷的追求，有自己的喜怒哀乐。也有一个温暖的家，也有自己的妻儿老小，但属于你更多的是孤独与等待，是与边塞冷月为伍，是酷暑严寒的洗礼。

曾渴望让自己的人生实现生命的本意，曾渴望让阳光照耀世界的每一个角落。但无情的战争把你推向了生与死的艰难抉择，推向了人与人厮杀的最前沿，你没有掩体，唯一的选择就是服从命运的安排，尽管你不知道这种考验是否正义。

哦，军人当爱与恨成为一个民族共同心愿的时刻，当你的国土花团锦簇的时刻，你才成为一个真正的战士，一个捍卫国土与尊严的豪杰。

只有到那时，你作为一个令人心醉的神圣名词，才能实现自己的价值。那时的你才能成为人们心中的偶像。

大山的儿女

将黄色的肌肤绘进大山的褶皱，你躬耕的身影便凝固为一叶帆，浓缩出深刻的哲理。

壮实的大脚踩遍崇山峻岭，追星逐月；古铜的脊梁袒露着炽烈的爱恋，谱写出一个被世纪风永为传唱的主题，传遍世界的每个角落。

让熊熊的篝火点燃你多情的目光，烧穿饥饿和贫穷的枷锁，让山乡结出沉甸甸的果实。

丰收的喜悦蒸发了，化作阵阵掌声，突破大山的阻隔，即使在异土他乡，也凝成智慧的浮雕。

哦，大山的儿女，你为山而歌，响亮的足音叩击着生命的遐想，你以酒为歌，描写出山乡几多粗犷与豪爽。

即使是浪迹天涯的游子，也将你的微笑植入记忆，化作生命永恒的桅杆。

山神永远是你崇拜的偶像。浓浓的乡情珍藏着你的希望，条条沟壑珍藏着你的希望。

山便是你。你便是山。

巍峨的山养育了一代又一代子民。

一代又一代子民成长为巍峨的山。

雁阵

一

犹如一个个白色的音符，在透明的天空上尽情跳动着，将岁月的语言写进人们的视线，写进如歌如泣的传说。

顶风冒雪，劈波斩浪，凝成一帧浓烈的水彩画，回味无穷。

这是一种力的剪影，诗的画面。在白昼，在黄昏，强大的阵容划过天地的视野，划过五彩世界，飞向遥远的天边。

每一双翅膀，都起伏着一个搏击者的梦；

每一双瞳孔，都写满了无畏者的追求。

就这样，你强大的阵容穿过流云飞雨，穿过沧海桑田的岁月，把灵魂的意象刻在天地的画板上；就这样，你矫健的雄姿，饱含生命的底蕴，写出一首奋斗者的交响曲。

雁行千里，整齐划一。

二

一双健翅，支撑起你火热的人生。

一种姿态，透视出你内心世界的深深渴求。

明知前途未卜，困难重重，但你仍要义无反顾，一往无前，因为你大脑皮质深处镶嵌着永恒的北斗星座，心中埋藏着理想的精神家园。

雁阵凌空，勇往直前；明知回归的路艰险漫长，你依然一片真情，归心似箭。

雁叫声声，催人奋进，它们心中有诱人的沼泽水域，有弥漫青草的气息。

古老的苍穹下，一棵树在为你的雄姿痴迷陶醉，孤行的鹰在认真咀嚼自己落伍掉队的内疚。

理想家园的童音自天籁深处，自时空隧道传来，声声敲在红尘的心坎上，引起一种不安和躁动。

三

雁阵燃烧在天边，比云朵更凝重，比晚霞更让世界钟情；

雁阵悬挂在我们的记忆深处，深深启迪着我们的思维。

天苍苍，地茫茫，雁阵飞小了群山，飞远了江河湖海，展翅万里，痴心不改。

强大的雁阵不仅仅是一个简单的生命过程，更凝聚着深刻的哲理，一种搏击生命的标志。

凝视雁阵，我们仿佛领悟到一种伟力的存在，一种人生的哲理。

看到你搏击长空的身影，我们的内心生长出一双强健的翅膀，在天地间遨游。

长城的风采

一首传唱了几千年的歌谣，至今仍被世纪之风弹唱。所过之处，无不掌声雷动，让人拍案叫绝。

此时，无须再去聆听你传奇般的故事，无须再去领略你史诗般的忠魂，多情的黄土地已经被感动得落了泪。

而古老的阳光还在深情地注视着你，陷入对往事的回忆，在感知你对生命无限的渴求。

透过悠扬的歌声，破开浓烈的硝烟，垛口上那些累累的弹孔，分明是扭曲的象形字，镌刻出你生命的力度，镌刻出你沧桑的记忆和共和国那部厚厚的历史。

每一页都珍藏着中华民族灿烂的文化积淀，埋藏着你深深的梦想，让你历经千年仍屹立世界之巅；每一页都浓缩着你梦中的追求，激起你无限的思考与遐想。

就这样，每一日，你都翘首蓝天，以豪迈的线条叠映出人类强壮的肌腱。每一日，你都会迎风矗立，将那段流血的典故刻于心头，昭示出你日月可鉴的赤子之情。

尽管古战场的炊烟早已荡去，尽管悲壮的血光早已演变成斑斓的霓虹，但沉思中的你却没有丝毫的惬意，有的只是内心深处不败的追求和早已诗化的哲理。

你为自己昔日的辉煌而大声歌唱，为无私的付出而沉默无语，更为数千年的壁垒森严而骄傲。

你为绿色的山而舞，为五彩的风而歌，用自己的痴情去度量人世间的温暖，吟唱出心中无悔的歌。

你是一面帆，一面用忠诚与智慧织就的帆。

你是一面旗，一面用鲜血和汗水染成的旗。

以高昂的头颅，集合起群山大地，列出绿色的方阵，去接受时代的检阅，让世人评说。

看抗战电影

看抗战电影，我们的双眼缀满泪花。

那是血与泪交织成的歌，是仇与恨写成的历史，是三千五百万亡灵内心迸发的阵阵呐喊，是豺狼的嗥叫与鬼魂的哀鸣，更是一个民族崛起的欲念。面对那些冷酷的镜头，我们为之而凝神、悲泣，祭奠国仇家恨的屈辱历史，令人历历在目。

面对热血的往事，救世主高举火把，在太行山发出为之振奋的民族吼声，在历史深处回荡。无数同胞手持原始武器，冒着敌人的炮火，奋力冲杀。

每一个镜头，都涂满殷红的血浆，让观众落泪；每一个画面，都渗透出民族的泪珠，让世纪风悲愤无比。

透过那些滴血的情节，我们体味出长城的颤抖，江河的失色，体味出华夏民族灾难深重的内涵，和一种不甘忍受、愤然崛起的欲念。

看抗战电影，我们的心头燃起仇恨的烈火，内心激荡起铁骑狂飙的快感。

那是无数忠骨铸成的丰碑，赤子热血染就的战旗；是抗日将士发出的还我河山的声声怒吼，是正义的回答和不屈的抗争，我们为之欢腾，为之自豪。我们感受到中流砥柱的坚强信念，领悟到中华民族的希望所在。

每一个情节，都凝聚着真理的格言；每一个典故，都闪烁着一段历史特有的光环。

透过隆隆的炮火和硝烟，我们体味到抗战勇士坚定的信念，聆听到热血男儿抗击恶魔的铮铮誓言。

看抗战电影，我们祭奠英魂。在历史的深处，突兀起一条新的长城，回荡起一曲庄严的国歌。

春天的欲望

融雪的声音叩响了突发的汛期，燃烧的欲望始终刻在岁月的额头，时间久了，便渴望成为人们的一种偶像。

春驻足在情感的焦点上，等待日子一次次曝光，等待荒芜的天空生长出缕缕暖意。

此时，一种旋律藏在人们的企盼中，在人们的期盼中潜滋暗长。

把生命的根须尽情泡绽，拔节出绿色的火焰。

透过浸在泪水中的背影，透过因缺憾而渐渐丰满的嫩芽，我们看到，春的光芒正在镀亮生命的每一个细节，春的气息正化作喜庆的眉梢，萦绕在每个人的面庞。

一切的欲望都那样充盈，那样透明，如汩汩的春水荡漾在生命的天空。在经历了长久的相思之后，春愈来愈强烈地撞击着人们的心房，栩栩如生。

感情的峰谷间，始终铭刻着最初的许诺，始终起伏着涌动的春潮。

无数追求的梦升华了，跨过季节的距离，你的欲望在我们面前掀起阵阵波澜。在记忆的星空，化作无形的翅膀。

粉面桃花，是春天最深的欲念，是一种渗透灵魂的骨感，大写在村庄，夸张地书写着房前屋后的灿烂。

春天的风景中，我们的瞩望渐次开放，热烈而真诚。我们的企盼生长出丝丝的嫩芽，和煦的风萌生出温暖的启迪，让跋涉的心在春的照耀下辉煌起来，演化出万种风情，让世界动情。

放牧于春天的欲望里，尽情领略着春的温暖，视野与灵魂强烈地共振起来。

一场绿雨如期而至，我们沐浴在春的祝福中，在没有栅栏的天空，聆听绿的吟唱。

长城涅槃（九章）

和平的灵光

一座战争的纪念碑，浓缩了黄土地五千年的企盼，刻满了中华儿女为之自豪的阳文。

当和平的光环被滚滚的狼烟湮没，人们痛苦地仰望苍穹祈祷着，呈现出悲情与无奈，携家带口背井离乡成为他们生存的唯一选择。

当那些古老宫殿中扶鸾的身影被无情的炮火震得粉碎，两只鱼儿瞪着四只眼睛望着铁骑和流血的国土，流露出万般惊恐。继而，王侯将相们学会了用智慧的目光去构筑和平的防御工事。

你的名字便应运而生，你的身影开始掠过人们的视野，被巨大的炮口镀得鲜亮，在苍穹中发出熠熠的磷光。

在你的内外，无数的传说愈发古远，悠久，令人兴叹。悲壮得让史诗愈发悲怆，催人泪下，痛苦不已。

在人们无数的祈祷声中，你所拥抱的强国之梦渐渐丰满起来，最后叠映成那道古老的长城和你身上那片片的磷光。

一个民族为了自己的复兴之梦发出了呐喊，在五彩的世界中回荡，震耳欲聋。

无数的生命跪拜在灵魂的大殿前，虔诚地向苍天厚土祈祷着，期盼着一个福音的到来。

与历史对话

文明与兵器同时诞生。

正义与邪恶怒目相视。

当飞天的梦境被无情的刀剑击碎，先人们正在历史的那边，凝视着累累尸骨，感知着战争的不幸，怀念着自己的家园。

透过长城垛口滚滚的硝烟，破碎的山河，以及人们四处逃离的身影，沉醉在阿房宫里的秦始皇却在与妃嫔谈笑风生，寻欢作乐，而那些甲壳背负的古老的象形字，却无情地指出了战争的本意，让惊醒的人们骇然而起，不知所措。

一部部兵书在这里诞生，渗透着无情的杀机；一个个战将站在历史的烟云中，血染战袍；一队队将士在这里集合列队，奔向流血的疆场；一个个帝王在这里陶醉，用将士们的尸骨垒砌起华丽的宫殿，焚毁后再垒砌，且一个比一个气派，一个比一个奢华。

只有在列国四处奔走的孔老夫子们，以自己的瘦弱之躯和坚定的信念，面对芸芸众生，讲述出人类生存最简单不过的哲理。

让正义和善良削去刀枪的利刃，荡去征战的硝烟，让长城隆起人类不败的追求——和平。

与历史对话，我们眼含热泪，悲喜交加。

翻开历史厚重的画卷，我们驻足凝神，慢慢品味历史的滋味，聆听一种古老的呼唤。

走进沧桑

一部五千年的历史，写满了真理的悬念。

盘古的故事距离我们很近，又很遥远。女娲补天虽然震得群山颤抖，大地迸裂，但远不及金戈铁马十面埋伏的号角。

一条蜿蜒的长城，犹如一根沉重的纤绳，肩负着华夏民族古老的图腾，开始了艰难的跋涉，且步履艰难。

一部古老的史诗，铭刻着深埋在先人心底的强国之梦，在苍穹中张开无形的臂膀，姿态楚楚动人。

在这里，陶罐与青铜剑在激烈碰撞。倾斜的古长城发出阵阵呻吟，共同导演出人类历史的一幕幕悲剧。

各种肤色的民族，一次次越过长城，把形态各异的旗帜一次次插上城楼，无休止的硝烟一次次把你摧残蹂躏，让苦难深重的你疮痍满目，一次次被列强的铁蹄践踏。

但王侯将相们仍沉醉在幻想之中，一次次把梦中的长城反复修补。但你越是高大，越吸引列强的眼球，越成为列强觊觎的目标。

呵！历经磨难的古长城，尽管你的身上早已弹痕累累，千疮百孔，尽管你脚下血流成河，尸骨如山。

但你依旧沉默在崇山峻岭之巅。

闪电划过时分，遍体鳞伤的古长城裸露出赤子强健的臂膀和雄浑的体魄，在抗争中令罪恶却步，使战争却步。

翻动岁月沉重的经典，我们仿佛看到，无数的亡灵仍在列开方队，在呐喊、厮杀。

天下第一关

一座普通的关口，竟有如此的美名，令五岳三山为之倾倒。

山长在海中，海装点着雄关，雄关落在青山间，凝视着蔚蓝的大海。

悠悠岁月漫步在上面，演绎出几多传奇。

在古长城的尽头，你高耸起不屈的头颅，以强健的体魄，狙狩身后的一方热土。

你起伏奔腾，逶迤出一个国度的骄傲，令每一个龙的子孙倍感自豪，甚至给你起了个目空一切的美名。

此刻，凝视弹痕累累的老龙头和那锈迹斑斑的古炮，我们的目光滑过昨天湿淋淋的记忆，放映出那些令人心碎的情节。

金戈铁马，曾漫卷起猎猎西风；船坚炮利，曾掀起泣血的悲愤，写下了一段民族屈辱的过去，伤口至今还隐隐作痛。

天下第一关，你夜夜聆听不息的涛声，日日迎接神州第一缕霞光，然后把满腔的痴情交付给眼含热泪的赤子，交付给镇守边塞的男儿，成为一盏照亮华夏民族百年梦想的明灯。

端坐在庙宇的那位痴情女子，却没能看懂这些。仍在历史的那边不断哭泣，寻找着自己的夫君，任凭无休止的泪水甚至让坚固的长城轰然倒塌，生长出一个个历史的典故。

阳关烽燧

始终以悲壮的姿势，去装点历史的风景。

在大漠的孤烟中，在风吹甲胄的叮当声里，城头猎猎飞扬的旌旗，传颂着边塞壮士的忠魂。

透过燃烧的夕阳，一缕缕烽火掠过一曲三叠的阳关，飘向茫茫苍穹，古老的土地立刻传来蔽日的硝烟和隆隆的炮声。

身后马蹄如雨，难以归家的孤魂野鬼在风沙中哭泣。

这里没有游戏诸侯的周幽王，没有陷害忠良的奸贼，有的是永无休止的征战、厮杀，是勇士喋血的画面。

忧伤的玉笛响彻阳关的黄昏，胡马弯弓处，回荡着震耳欲聋的剑啸鼓鸣和战车的轮毂。

而今，阳关的烽火早已荡去，骑在驼峰上的我们，一路远行，读古沙场下掩埋的沧桑历史，听八百里秦川上空飘扬的羌笛。

任凭怀旧之心，穿过千年呼啸的流矢，去寻找边塞古诗悲壮的韵脚。

当长河落日再一次敲响荒原的战鼓，青铜剑正高挑阳关的烽燧，把那段远古的语言写进我们的瞳孔。

长城月

你在凝望尘世间的盛衰荣辱吗？

一钩冷月凝视至今。

你如注的月光阅遍千年的诗词歌赋，流溢出古朴的线条，勾勒出长城粗壮的线条。城堞兀立，仍有血光在砖石上燃烧。

群山肃然，仍在聆听那些催人泪下的征战场面，松柏被秋风吹起，有苍鹰缓缓划过你的视线，意念出万千将士征战的悲壮情节，让善良的人满含热泪，不堪回首。

沿着唐风宋雨，我们穿过时间隧道溯流而上，在残垣断壁下面去寻找战争的烽火和戍边将士英雄般的史诗，在朦胧中读你不尽的风采和寓意，读你脚下英烈闪光的奖章。

你的理想是一轮圆月，成为人间温暖祥和的标志。

李白的诗句写在天幕上，映成一尊残酷的雕像，昭示着一个亘古不变的主题。

长城望月，如雪的刀锋划在我们的心灵深处，让我们透过风化的记忆，去翻阅岁月的史诗。

而纷纷涌来的历史涛声，正把昨日的辉煌化作不朽的风骨，植入我们昨日失血的记忆，植入天籁。

成为一个民族大写的骄傲。

秦始皇

从兵马俑的强大阵容中，从阿房宫的不熄的大火中，我们找到了你的大名，华夏的第一位皇帝。

当秦军的铁蹄踏遍六国的疆域，隆隆的战车伴随着硝烟，换来一轮明月，换来一代帝王三十六年的尊严。

在你"示强威，服海内"的梦想中，十万征夫用血肉之躯筑起了雄伟的长城，垒砌起一代帝王的欲望，与此同时，无数的书生成了知识的冤魂。

你成了世界上聪明绝顶的皇帝，一个沉浸在长生不老梦境的所谓"智者"。

在历史的那边，一位女子仍在对着边塞长泣不已，一位绝命书生潜入宫中，举起了闪亮的匕首。

当秦朝大国的赞歌被蔽日的旌旗淹没，当一代帝王的宫殿被大火毁灭，秦始皇的梦想也被时间的厚土埋藏。

长城两侧的蒿草，散落的是无数凄苦的诉说。

李自成

世界上最壮观的长城修好不久。

那年三月，一个头戴毡帽的关中壮汉席卷而来，指挥大军越过长城，把一个皇帝逼上了绝路。

京城无数的鲜花、美酒热烈地欢迎了这些庄稼汉。

他们尽情享受着人间上等的美味佳肴，大吃大喝了四十二天，把一位智者的逆耳忠言甩在了一旁，甚至被无情地大声嘲笑。

后来，一个亡国的将军为了夺妻之恨，洞开了长城的要塞。一个民族以同样的速度跨过长城，金戈铁马再次席卷而来。

那些正在寻欢作乐的关中汉子竟然不堪一击，狼狈逃出了京城，败走深山（据说那位做了十八天皇帝的壮汉路过长城时，掩面流涕，悔恨没有修筑思想上的长城）。

最后那位假皇帝在九宫山同样被逼上了绝路。

长城发出了嘲笑，历史发出了嘲笑。

三百年后，一位文人写了一篇祭文，道明了那些庄稼汉的顿然醒悟和悲壮的典故，以警示后人。

长城以独特的形象，走进灵魂深处，以失血的语言，诉说出长城不倒的向往，翘首企盼着一个福祉的出现。

当代筑城者

长城最终没能挡住现代的枪炮，没有守住封建帝王的疆域，但长城却点化了当代人的发财梦。

你从古老的史书中，从现代的计算机中，从互联网中款款而出，以特有的姿态走进名山大川，走进现代文明。

不绝于耳的筑城声越过黄土地，漫过马达的轰鸣，响彻人们的灵魂，举世惊醒。

长城成了商品，实现着变形的价值。

每一座敌楼都高大宏伟，渗透了艺术的张力。

每一道长城都耗资巨大，超出了历史的想象。

城头上依然旗幡招展，弹孔依旧分明。但游历的红男绿女和商贩讨价还价的叫卖声却表现着长城的另一主题。

一匹驻足在城头的骆驼高昂着头颅，在招徕着生意，体现着另一种价值的存在。

真正的长城在史书中伤感抽泣，万千子民泽恩膜拜的长城在仰天长叹，感慨万千，一组沉重的足音正回荡在梦魂深处，逼近记忆的丛林。

透过那些崭新的、兀起在庄稼地中的长城，透过金币坠地的叮当响声，长城在凝神，历史在凝神。

多情的风被感动得落了泪。

在闪烁着铜臭的叮当声中，古老的长城正在涅槃。

旗帜

在旗帜的寓意里，永远响彻着生命碰撞的颤音。

那是一种古老思想的悠久回声，一种新生命朦胧的希望，充满了无限的诱惑。

每面旗帜都包含了许多动人的传说，每面旗帜都是一种思想的凝聚，让每一个追逐者潸然泪下。

群星在黑夜中辨析每一种色彩，倾听每一面旗帜的歌唱，让心头生长出智慧的风景，使追逐者崇敬。

在风雨潇潇的南湖湖面上，漂荡着一只小船，一群衣服打着补丁的先驱，面对点点渔火，讨论着一个国家民族的前途和命运。

一群觉醒的革命先烈炼出了一把惊世骇俗的镰刀，一面由红色的旗面和黄色的锤头、镰刀构成的旗帜被粗粝的手高高举起。

在这面旗帜中，我们看到了古代殷商的甲骨文字依然在闪烁，看到了孔子那儒雅倜傥的气质依然风流，看到了汨罗江畔屈原的爱国情怀仍在传承，更看到了李白杜甫那雄美壮丽的诗篇仍在吟诵。

伴随着南湖小船荡着新思潮的涟漪，一个响亮的名字在华夏大地突然炸响，震耳欲聋，石破天惊。那是连绵万世的大吕洪钟，是饱经沧桑崭新的内心独白，是苦难辉煌的中国史诗。

七月的天空，深深镶嵌镰刀与锤头的特有符号。

流火的七月，汇聚成三山五岳中的挺拔与高耸，漫卷成五千年的追求和梦想，汇聚鲜红的血液铸成的长城格外巍峨，以及长城砖的坚定。

一只红船，在七月这个火热的日子，在万众瞩目的日子激情起航，一个浓缩着天下无双的铁锤与镰刀的旗帜漫过天际，割断了旧中国的枷锁，砸碎了旧中国的独裁与残暴，迎来了华夏大地的朗朗乾坤。

在此后的时间，从西北漫卷的疆场，到激流勇进的商潮；从五彩斑斓的社会，到中流砥柱对真理无悔的追求，无数智者正以殷红的笔迹，描绘着旗帜的色彩，书写着沉甸甸的历史。

写满了无悔者的脚注，记载着追求者的千年古梦。

无数人的血凝固了，凝固成旗帜艳丽的色彩。

面对呼啸而来的枪林弹雨和和平鸽浅浅的祝愿，我们以跋涉者的姿态，伫立于世纪之巅。面对被霜染的叶片和内心强烈的诱惑，我们将身躯镀成智慧的灵光，在苍穹中叠映出一面面鲜艳的旗帜。

所有的旗帜都是生命燃烧的色彩。

英雄本色
——给一位早逝的警官

一

那定是个黑色的星期六，当罪恶的枪声击碎都市平静的夜空，你心中那个绿色的梦陨落了。

黑暗中只留下满目的悲怆和一个永远也解不开的谜。

你三十岁的人生，在一夜间，便凝固成一尊巍然的塑像，深深嵌入世人的记忆，嵌入都市那本厚厚的历史。

你以血铸的人生句号撞响了黎明的晨钟，迎来共和国又一个白昼。

尽管生命短暂得如同闪电，但在阳春三月，滴血的都市仍在讲述一个英雄的本色，如泣如诉，响彻星空。

你的声音虽无法穿透历史，但你的雄姿，你的足音早已叩醒日月苍穹，渗透进都市的每个角落。

你微笑的身影，定格成警察最辉煌的人生；你的默默无闻，深深植入世人的心底。

夜幕深处，你兀立站起，毅然穿过生命的死亡线，以青春的力度迎向罪恶的枪口，昭示出热血男儿的一腔赤诚。

英雄的沃土，绝不仅仅是生活在鲜花中的都市。

二

以一方净土为背景，你的言行构成卫士的风景线。以一种色彩为旗帜，你的举止早已升华为不朽的风帆，在人们的心头猎猎飘扬。

此时，无须再去追忆你往日的岁月，无须再去聆听你当初的誓言。你倒下的雄姿早已道出了你的人生哲理，你弥留的足迹已破译出你高贵的人生密码。

爱的思绪蒸发了，凝固成青春永恒的风景和都市那尊伟岸的浮雕，被世纪风尽情弹唱。

春被感动得落了泪。

三

掬一抔黄土，铸起永恒的信念；刻一块墓碑，兀立起一个英雄的灵魂。

英烈的生命虽已殉眠，但卫士的壮举早已镌刻在人们的心底，卫士的血泪早已化作浩然正气，与真理共存。

日月为之凝神。

山河为之动情。

烈士的血在茫茫的夜色展开，你青春的脉搏深处，依然镌刻着你闪亮的格言，都市的夜风依然传颂你的笑语欢歌和那个为此而痴迷的梦。

阳春三月，我们擦干泪水，重启征程。

永恒的色彩
——致首都巡警

一

在那些无奈的日子里，在善良受到威胁的时刻，那个响亮的名字，那片动人色彩总在冲撞着人们敏感的神经，冲撞着人们的视线，让无辜的人们看到希望。

总渴望你那永恒的和平之光，擦去人们心头淡淡的忧伤，让五彩的阳光普照都市的每一个角落；总渴望你矫健的身影伴我一路远行，成为我心中坚强的依靠。

以那双强健的臂膀，托起受伤的灵魂，让人们感受到世间的真情和温暖。

你以特有的姿态，在五彩的都市中构成独特的风景。让每一个人感受到真理的存在，长城的伟力。

就这样，在喧嚣都市的每一个角落，在时钟旋转的分分秒秒，你以强健的身躯，坚实的足迹，温暖着都市的每一寸天空，每一寸土地。

就这样，饱满的诗情从你的眉宇间，从你巡逻的脚步中汩汩流出，大写出热血男儿赤子般的情怀，让看到你的每一个人倍感安宁，人们在五色土的痴情里感受着博大的胸怀。

二

以一种色彩为背景，你的影子便会覆盖人类的整个思想，诞生出生活永恒的哲理，令每一个善良的人激情永在。

以一种身姿伫立于街头，以一种形象穿梭于人海，繁华都市的神经便被你繁忙的脚步牵动，生长出更加诱人的意象。

你正义的足迹踩痛每一束邪恶的目光，让觊觎繁华都市的魑魅魍魉望而却步。

你日复一日的巡逻坚守，编织了千家万户的幸福和温馨，也让每一扇窗户都记住了你庄重的脚步，把卫士的祝福写进都市的夜空，写进巍峨的古长城，让多情的世纪风慢慢咀嚼，品尝。

你的目光伴随着日出日落，伴随着春夏秋冬的轮回，用警觉的目光梳理着都市的每一个角落，然后像啄木鸟那样，执着地敲打着病态的灵魂，流露出如天的大爱。

生活中有痛苦，也会有悲伤，太阳也会流泪，苍天也会悲怆。

平静的日子也会有枪声响起，繁花似锦的都市角落也会有生与死的考验，会有滴血的镜头。

面对那些闯入的不速之客，面对藏污纳垢的城市垃圾，你用自己的身体，迎接着罪恶一次次的挑战；用真情抚慰了一颗颗残缺的心灵，将一腔赤诚，一片温暖涂进都市绚丽的风景，涂进人们记忆的深处，留在同样炽热的都市。

都市在你的拥抱中愈发绚烂多彩，然而，你的内心世界却永远珍藏着令人费解的谜底。

也曾想在临街的酒吧，潇洒地品一杯苦咖啡，然后与心上人共度良宵，也曾想畅游于诱人的商海，感受淘金者的乐趣与自豪。但，永恒的绿色彩同化了你的一切。

尽管你与临街的酒吧对面相视，却不见醉人的笑靥和芳香。尽管你同诱人的商海并肩而行，却不曾为流淌的金色而动情。

草因你更绿，花因你更艳。

古老的都市因你更年轻。

三

假如，都市是一首神圣而崇高的歌，你动人的色彩便是这首歌永恒的旋律。

假如，都市是一幅色彩斑斓的立体画卷，你无悔的追求便是警察人生的真实写照。

古老的都市在你的映衬下，越发凝重生动。

都市的色彩在你目光的注视下，越发鲜亮。

哦，都市巡警。

你很特别，很平凡。

十字路口的手

你彩色的手臂高高举起，如同一名艺术家在做精湛的表演。

斑马线上所有的音符，都在你的手中活跃起来。随着明快的节奏，斑马线便飞舞起来，弹奏出时代的主旋律。

滚滚的乐章在你热切的召唤中，如流如注，弥漫开来，起伏跌宕，充满神奇的内涵。

你指挥的姿态刚柔相济，渗透着火热的激情。你舞动的身影如痴如醉，注满对生命炽烈的爱恋。

让和弦的流行色在五线谱上徐徐流动，去吟唱如潮的歌，如诗的画，让真情去调动每个音符的旋律，汇成滚滚铁流，演奏出繁华都市五彩的立体交响曲。

风曾驻足在这里，细细品味其中的韵味。时间久了，便凝聚成一种灵动的风景，深深嵌进人们记忆的深处。

你的目光是那样刚毅，融不进半点虚伪，瞳仁深处，分明闪耀着悠悠的赤子之心和对共和国深深的祝福。

十字路口的手很有力度，高高扬起的臂弯，犹如坚固的海岸，抵挡着风浪的侵袭，托着一个个芳香的梦，为繁忙的都市编织出祥和的十字勋章。

那时的你成为真正的艺术家，一个顶级的世界音乐指挥大师。

帆

就这样，你的身影悄悄地犁过海的寂寞，以一种姿态接受大海的检阅，成为海碰子的偶像。

就这样，日日接受风与雨的洗礼，以一种精神把自己的影子写进浩瀚的天空。

帆，你羽化的翅膀，始终浸满对生命的眷恋。

你高傲的头颅，始终笑对生与死的考验。

以你庞大的身影，载我一颗孤独的心迎着海风，升起又滑落，伴着海浪一路远航。

就像海浪抛出的红日，闪耀和黯淡都在同一个苍穹之下；就像放飞的信鸽，时刻都思念着自己那个温暖的家园。

海风静静呼吸着，你走过的每一个足迹，每一块沙滩上，都书写着你执着的追求——辽阔。

自从你走出家门，就注定了终生的流浪和漂泊，注定了与追寻和探索为伍。

尽管风浪疯狂地摧残着你的生命，尽管不幸的遭际时刻想折断你的躯体，多少次的磨难把你推向死亡的边缘，但你顽强面对一次次生与死的考验，以搏击的姿态和智慧找到了生命的最终含义。

锚与橹始终是你忠实的伴侣，奋飞的鸥鸟和翻卷的涛声始终追逐着你孤独的影子。

穿过长长的海峡，穿过历史的年轮，你划出的航线在喧嚣后开始沉寂，最终沉淀为国土的巨大轮廓。

有雷电滚过你的身躯，你把疼痛深埋在心底，让海鸟栖息在你那宽大的胸怀，目睹你那挺拔的雄姿。

过去的日子早已淹没成褐黑的礁石，遍体的伤痕记录着生命艰难的历程，但内心的深处始终牢记着生命动人的名言绝句。

一张帆升起又滑落，引来了万舸争流。

都是为了寻找那条大海深处的成功之路，都是为了追逐生命不屈的丰厚内涵，你沿着弯弯曲曲的轨迹，沿着布满暗礁的海面，一路向前。

永不后悔，一路高歌。

心誓（六章）
——一个警官的自述

童　年

记忆结成了茧片，岁月波光粼粼。

一切源于那个孩提时代突发的梦想，源于父辈强健的基因。

遥远的金沙滩上回荡起我稚嫩的童音，洇映出诱人的画面。很小时候牙牙学语步履蹒跚的我便对你诱人的色彩怦然心动，然后鼓起自己的勇气，突发出一种奇想，让人不可思议。

在随后的日子里，天真的我信步穿过茂盛的松树林，穿过五颜六色的花朵，在梦的荒原种下五彩的种子，然后趴在它的身边，企盼它早日生根，发芽，长成参天大树。

曾几何时，我们双手托腮，望断天边的群山，让童年插满金色的翅膀，畅游梦中的天国；曾几何时，我们圆睁好奇的眼睛，感知着这个世界的多情，进而激发起埋藏在心中的梦想，让七彩的阳光照亮心灵的天空。

那时的我们惬意极了，无邪的童年充满神奇的幻想，任海阔天空填充着自己的天真。一觉醒来，凝视母亲安详的额头，我们的心田回荡起欢乐的童谣，顽皮的我们，依旧无忧无虑。

那时的我们并不理会人生的艰难，千年梦想是我们人生的第一课堂，是第一次向这个世界做出的承诺。

尽管十分偶然，却掷地有声。

诱　惑

面对五彩的花季，我们兴奋得睁大了双眼，感知着这个世界的诱惑。

在善良的感召下，我们毅然穿过浮躁与冲动，沿着梦的轨迹，走出遥远的地平线，走向繁华的都市，用满腔的激情去开垦人生的处女地。

面对五彩世界，我们学会了在荆棘丛生中艰难地跋涉，在夹缝中探索通向成功之路。

没有梦中的无端牵挂，没有懦弱的徘徊与反顾，甚至没有一丝伤感的泪水。有的只是心中不败的追求和默默无闻的探索，以及埋藏在心底那个散发着芳香的梦想，且声音震耳欲聋。

父母的嘱托始终在记忆中闪光，时间久了，便蜕变成永恒的人生坐标。一尊屹立于心头的闪亮雕像，深深吸引着你的目光。在理想与世俗的激烈碰撞中，我们寻找到了人生的最高点。

透过浮光掠影，意念的影子渐渐明朗，在流行风中，定格为一帧古色古香的油画。

那是一种魂绕梦牵的诱惑。

独　行

又是一个启程的日子，沿着记忆的碎片，梦中的我开始了独行。

没有任何行囊、包裹，只带一颗滚烫的心，带着我远离都市的喧嚣，开始了一段独自的旅程，在静谧中思索着人生的艰辛。

面对阳光的红唇，我涌起满腔的激情，把最初的许诺凝固成爱的咒语，让蹉跎的岁月陪伴你的脚步，反复丈量埋藏在你心底的爱河，猜度你能否承载我内心的孤独。

尽管穿行在尘世的你不曾注视我憔悴的身影，尽管你执着的脚步早已离我而去，但我感情的琴弦早已拨动，我玫瑰色的梦中已布满你真挚的笑脸。面对红尘的诱惑，面对苦苦等待中无奈的煎熬，历经磨难的我早已怦然心动，欲罢不能。

一段经历诞生一个动人的故事；

一种情怀，铸成不朽于世的峰巅；

一种志向，把我内心的祝福汇入你梦中的追求，便产生撼动尘世的主题，摇曳出爱的风景。

曾几何时，我想只带一颗轻松的心轻装上阵，在红尘里寻一份澄澈的感情，不去想爱与恨，只倾听风的细语，感受月光的柔和，在大自然的静美和朴实中感悟生命的真谛，给孤独的心灵一个难得的栖息时光。

但每当我行走在繁华都市的边缘，望着远处的灯火阑珊，望着那些红尘中行色匆匆的旅人。每当我抬头寻觅苍穹的深邃，低头寻思生命轨迹的时候，多情的我在用心去感悟人生艰辛苦中作乐的同时，隐隐感觉到一颗处子的心悄悄长出爱的嫩芽，在久久的期待中拔节，轻声敲击着我的心扉。

在经历忧伤和疑虑之后，我决定，背起轮回的四季与你同行；以心灵为帆，去寻找你伟岸和潇洒的身影，让古老的爱情更加纯粹，迷人，生长出诱人的风景。

青春的旅痕

梦醒时分，你背着行囊，揣着最初的誓言，踏上了艰难的征程。

用不倦的脚步，奔向一生的追求。

远方的大漠席卷着滚滚红尘，令那颗躁动的心狂跳不已。月光划过漫长的地平线，在记忆深处荡漾成孤独的帆影。

人生的旅途中，谁的脚步踩痛人们浮躁的心，在天地间留下深深的印痕？谁的青春在充血中燃烧成永恒的风景，青春的旅行没有徘徊之岸，没有温暖的港湾。只有梦境中飞扬的春衫和血脉中鼓动的最初冲动。

让我们带着真诚一路远行吧！以自己的汗水，展示出生命的全部意义，升华出跋涉者最壮观的风景。

阳刚在你我的脉管中有节奏地共振，生命与灵魂投射出旅途的影像。

青春的旅途，从来就充满坎坷和幻想，曲折而蜿蜒，透过青春漂泊的足迹，我分明看到，在你走过的地方，有绿洲出现。

以搏击者的姿态，塑造出时代的风骨；以粗犷的线条，凝成人生纪念碑上巍峨的浮雕，让世界瞩目，自豪。

遐想，是面对生活认真思考后的感动。

践行誓言，我们的生命顿时壮丽起来，在时代风的伴奏中，洋溢出智慧的火花。

旅途中的你身影顿时生动起来，洒下点点汗滴；

此后的日子里，我们踏着格言上路，一路远行。

生命意识流

只要看一眼多情的黄土地，我们的生命便会鼓胀起青春的动感，回荡起亢奋的激情。

凝神聆听来自心底的噼啪声，我们的岁月被一种冲动笼罩，进而迸发出隆隆音节，在人们的祝福声中烁烁闪光。

始终渴望成为一尊雕像，昭示出生命的无穷内涵；始终渴望化作一座山脉，成为众多圣灵的依靠，以无愧于黄土地深深的企盼。

在生命的意识流中，涌动的永远是我内心深处矢志不渝的追求，是母亲心头闪烁的航标，无论何时何地，无论历经多少磨难，都会点燃我内心无形的火炬，引领着我们一路向前。

灵魂的深处，一种思念始终在潜滋暗长，最后疯长成痴情的参天大树，或成为被无数歌手广为传唱的情歌，成为令人亢奋无比的狂歌劲舞，让世界瞩目。

透过都市里摇曳的灯火，通过震耳欲聋的音乐，我们的躯体在霓虹灯的映衬下，镀上了青春的色泽，鲜亮无比。

人生纪念币

出征时分，我们蹚过山脉的河流，再次走进了黑夜的森林，努力寻找一枚人生纪念币。

那是一枚折射着远古太阳灵光的纪念币，浓缩着祖先殷切的嘱托和希冀，刻满了祝福的语言。刻着一种闪烁着雄性光芒的文字和来自母亲微笑的隽永图案。

遒劲的文字，镌刻着雄性的力度，凸起的浮雕，回荡着一个响当当的哲理，每一个图案，都让世界震颤。那只衔着橄榄枝的鸽子，在太阳雨的注视下，翘首企盼，满目柔情，化成一叶穿越生命禁区的小舟。

尽管平凡的日子汩汩流过人生的四季，尽管生命短暂得如同闪电，但透过滴血的记忆，透过那些被世俗遗忘的角落。在你的记忆深处，红色的旗幡依旧翻卷飞扬，令虔诚的我跋涉于尘世的峰巅，欲罢不能。

明知前方风沙滚滚。明知岁月艰辛，坎坷异常。

但我知道，那枚人生纪念币是我们旅途中得到的最高奖赏，是生命之旅最真实的见证。

警官之母

一只苍老的手静静地搭在屋檐下，牵动着远方的帆。时间久了，便成为一尊雕像，引得月亮驻足观看。

满脸的皱纹里面，珍藏着许多动人的故事，任晚风讲给星星听，炊烟为之伴奏。

你将人类美好的基因连同积淀多年的梦幻一起播进了那片沃土，滋润出山的希望，然后望着他长成参天大树，举起美丽的向往，沿着你嘱托的目光，走出地平线，融成那片庄严的树林。

你用智慧之手，编织出美丽的花环，遥寄给梦中的游子。每天你都放飞一个美好的企盼，然后双手合十，祈祷苍天保佑，把慈祥的目光投向遥远的天空，把喃喃细语化作对游子的牵挂，让古老的山乡吟唱出一个永恒的主题。

屋檐下那滴浊泪，溅湿了母亲三更的思念，化成千丝万缕的母爱之情，如同雨后空中那道彩虹，绚烂多彩。

哦，警官之母。你把儿子送进警营，把伟大的母爱融入对美好幸福的寄托。

哦，你是警官之母。

瞭望塔上的风

瞭望塔上的风，很绿、很浓。

不是从悬崖绝壁上跌落的劲风，更不是横扫落叶的凛冽气旋。

那是莽莽大森林吟唱的笑语欢歌，是万顷林海欢呼跳跃的阵阵掌声。

站在瞭望塔上极目四望，任嫩绿的你飞扬我的鬓发，鼓胀我的衣衫，激荡起我的爱恋。

伴随你的身影，我读林海深处生命的起源，读那部永远也看不完的《绿色大典》。

阳光驻足在这里，品尝着茂盛的水草，品尝着阵阵鸟鸣，却怎么也读不懂你那首令人费解的朦胧诗。

你把自己的一切交给了大自然，交给了为之而痴迷的绿色，久而久之，你便成为绿色森林里的最为高大的松树。

瞭望塔上的风很绿，是大山头上的一方绿纱巾，渗透着你浓烈的爱。

水，滴在每一枚绿叶上晶莹闪亮；歌，录在每一棵树的年轮深处。

瞭望塔上的风，很绿、很浓。

那是绿色的大森林潇潇洒洒的大手笔，是大地母亲深沉而凝重的呼吸。

水的风采

把一颗永恒的爱心在透明中流放，无形的水便产生了生命，有了丰厚的感情。从一滴水中，便可读出人类的百年沧桑，读出水如梦的情怀。

水没有语言、没有思维、没有感情。

水有语言、有思维、有感情，也有生命。没有水，就没有生命的存在；没有水，人类就不能生存；没有水，土地就失去了意义。

水是地球的乳液，生命的摇篮。掬一捧甘甜之水，清澈中折射着理性的思考。哪怕只有一点一滴，也能润放生命的花朵。水有语言，欢乐时笑逐颜开；悲怆时默默无语，发怒时，你横冲直撞成为一种灾难。

刚从冰川融化的时候，你就神往自由。虽然是大山的孕育，却奔向大海。

大河快乐地奔流着流过寂静的荒原，流过激流、险滩，恩泽着万物众生。

上善若水，智慧无穷。

水有思维，知道珍惜自己，珍惜阳光的厚爱，珍惜人们内心的渴望。水有追求，即使生活在深山，也向往奔腾的大海，渴望浮起岁月的风帆。但当绿色生命受到邪恶危害时，宁可粉身碎骨，也要挽救无辜的生灵，体现出不朽的哲理和庄重的抉择。

水有力度，汇起来排山倒海，分开去娓娓抒情，即使被冻僵了躯体，也昭示着一种信念的存在，一种执着的追求。

哦，平凡之水，伟大之水。每一滴都孕育着生命，每一滴都有深厚的人生哲理。

透明的肌肤，透明的思维。

千百年来，你无私地奉献着，用自己的痴情托着人类进化的轮船驶向明天，驶向未来。

刑警风景线

刑警的风景线上，永远镌刻着阳刚的碑文，镌刻着你冷峻的目光。

你眉宇间拧起的座座山峰，在经历无数的推理和判断之后，始终折射着神圣的光芒，构思着迷雾中飘浮着的闪烁的谜底。

那支苍劲的羊毫笔，正蘸着你目光中的血丝，写下你对和平鸽的许诺，酿造出那透明的海。

你走南闯北，风餐露宿，始终徘徊在罪恶周围。心如发丝地寻找着一丝踪迹，你风尘仆仆，一脸倦意，一刻不停地计算着不等的灵魂方程式。

无数没有标点的日子，渐渐在你的手中有了结果，无数神奇的遐想在你的心中变成了现实，缜密的逻辑在你胸中变得无懈可击。

你集合起法律的力量，历数邪恶肮脏的灵魂，让罪恶瑟瑟发抖，亮出丑陋的面目。

刑警的风景线上，现代的思维和阅历，正盛开出一丛丛智慧之花，结满了忠诚的硕果。用一曲流行的风弹奏出绿色的浅唱低吟，在夜色中，折射出正义的光芒，而你日夜吐出的金丝银线，在正义之神的点化下，织成一张无隙的天网。

刑警的风景线上，你前赴后继抛洒出的热血凝成正义的丝线，织就了一张恢恢天网。

血与火，昼与夜，浇铸成一座座不朽的丰碑，守护着人间的正义与和平。

刑警的风景线上，永远结满了风与雨的故事、血与泪的传说。

北方女神

北方的山，并非永远生长剽悍和粗犷，把绿色的梦幻融进汩汩溪水，便孕育出南国女子的俊秀，孕育出亭亭玉立，摄人魂魄的韵律。成为一种黄土地瞩目的象征，一尊超凡脱俗的塑像。

就这样，你以特有的姿态，矗立于北方的峡谷，矗立于荒原野漠，矗立于人们的心底深处。

就这样，在泉水和野花的簇拥下，你带着妩媚的笑靥，饱含柔情，切入北方的视野，令多情的黄土地为之倾倒，萌生出深深的爱恋。

就这样，在秋水与落霞的映衬下，你无比曼妙的身姿，轻灵飘逸，勾勒着北方的黄错，兀自地绽放。

诗一样的曲线除了渗透着阴柔的骄傲，还起伏着奔放的阳刚之质，没有丝毫的懦弱和病态。

明眸皓齿，逼退尘俗，体现超脱的美感。

体态丰腴，净化灵魂，笼罩着神秘的氛围。

不用任何修饰，你已白璧无瑕，黑瀑的美发披落肩头。高耸的气质流溢出风采，渗透着神圣的欲念，令北方的山痴迷陶醉。

你在溪边汲水，在街头抚琴。

在五彩的泉水中沐浴青春的肌肤……

从涟漪的倩影中，可以感悟到，你是从剽悍炽烈的企盼中，从无数勇敢者的勤奋中走来的，是大北方奇峰秀水的结晶，引导着黄皮肤黑眼睛的人们走向灿烂的辉煌。

夕阳下的红高粱

黄土地成熟的日子，那片透明的海经过精心的积淀，终于将白色的乳浆凝固成丰收的喜悦，交给庄稼人细细体味、品尝。

此时，夕阳下的你扬了扬那块红纱巾，湛蓝的天空便滚过一阵浪漫的笑声，绽裂出火热的青春。

你如一个美丽的女子，热情、豪放。回眸凝望中，散发着酒的醇香。

粉红色的唇，吻遍蓝天白云，吻过丰收的喜悦，温柔的你便显现丰满的神韵。

妩媚，自信，满足，全隐在火辣辣的痴情里，全隐在不言中。

你向绿色的身影投去感激的一笑后，便打点起那个芳香的梦，羞涩地跑开了。

引得田边的小伙子心旌摇动。面对火红的请柬，他举起殷红的酒，把男子汉的豪爽浸泡在其中，一饮而尽。然后，兴冲冲地穿过红黄交织的庄稼地，去追逐远去的红裙子。

多情的诗人们也醉了，兴奋地望着夕阳下摇曳的红高粱，挥毫泼洒出浓浓的诗意。

在田野上随便勾勒几笔，便产生一幅渗透着古朴情调的风景画，那是深情的土地本来的画卷，是人世间真实的色彩。

画卷深处，原始的黄土地感到阵阵野性的悸动，流淌出殷红的洒浆。

太阳写意

当你灿烂的名字植入共和国古老的史册，那雄浑的光芒便闪烁成为正义的象征。

无论是阴霾的云，还是血腥的雨；无论是丑恶的灵魂，还是愚昧和无知，都曝光在你面前，被你如火的目光烧透，成为一种粉末，被你蓝蓝的太阳雨溶化分解。

在没有你的日子里，面对肆虐的狂风暴雨，面对哭号的贫瘠沼泽，人们凝目远眺，企盼你的降临。

你的光泽令流星感叹，令世人动情。

你的道路虽然漫长，却浓缩了一条亘古不变的哲理。

没有你，世界将陷入黑暗，将成为罪恶与无知的天堂。

面对你的光芒，我们的希望变得红润多姿，我们的梦幻增添了新的内容。

仰望那轮火红的太阳，我们举着自己的誓言，走进发烫的故事。

把一片篝火的光芒涂抹于世人的心中，铸成共和国坚强的脊梁。

绿风

你从沧桑的记忆中走来，从岁月的沟壑中走来。所到之处，无不欢声雷动，笑逐颜开。

绿色的身影在天地间尽情流淌，款款的足音响彻每一寸荒芜之地，把对人生的追求化作一串串闪亮的音符。每一株草，都闪烁成流动的风景，汇聚成诱人的波涛。每一棵树，都燃烧成生命的火炬，昭示出智慧的灵光。

你用满腔激情闪动成滴翠的语言，讲述着生命的典故，让绿色的血脉散发着青春和活力，吟唱出一首永恒的歌。

绿色的经幡浸透着青春的咒语，把一颗颗不羁的灵魂撒遍大地的每一个角落，让温暖的乡情发芽、复活。

生命的源头正从这里喷薄而出，在太阳雨中绘出绚丽的彩虹，悬挂于盛夏的枝头，让愚昧的信徒肃然起敬，顶礼膜拜。

面对多情的泥土，你驾一缕长风而来，把昨日的梦幻化成一缕芳香，让每一颗心温暖陶醉。

透过你明亮的目光，我的灵魂在你的感召下狂舞着，在朦胧中，领略你的万种风情，让那颗冷酷的心鼓起阵阵春潮。

一种欲望在你的召唤中正在疯长。走进愈来愈烈的绿风，我们埋葬掉昨日的悲伤和忧郁，把青春的年华在绿风中尽情陶冶，生长出丰厚的年轮。

以一种姿态去开垦人生的处女地，播种绿色和希望。

以一种色彩去守卫灵魂的家园，让青春之树绿遍心灵每一寸土地。

以一种诗情去讴歌无私的奉献，让勃勃生机绽放出生命的色彩。

我们的灵魂深处，有惊雷炸响。在冲动的同时，我们想象着丰收的景象，在季节的诗集里，展示着生活的全部含义。

彩虹下的墓地

仿佛再一次聆听叩击命运之门的颤音，你抗击恶魔的身影凝固了，便叠映出这巍峨的雄姿。

记忆的深处，你重又举起了意念的帆，回到了昔日的阵营，重又听到了那揪人心肺的喊叫和闪电里夹杂的枪声。

深思的目光里，依然燃烧着对共和国深深的爱恋，依然渗透着对和平鸽的许诺和对生命常青树深深的渴求。

当蒙蒙的细雨，唤醒你沉睡的亡灵。你走出墓地，将自己传奇般的典故，摊在阳光下晒晾，却省略了许多情节。

一支苍劲的笔，蘸满了你青春的血浆，刻下人生的力度，刻下男子汉的阳刚，和你史诗般的忠魂。你和你的战友正用生命之躯，编纂着一部史诗般的《正义大典》。古老的祭坛上，展示出罪恶灵魂的最后疯狂，展示出岩石永恒记忆的一部分和你人生的坐标点。

当太阳的手把一杯殷红的酒斟入你深邃的目光，你辉煌的遗像里又涌现出对共和国湿漉漉的爱恋。

聆听春潮

将热情的目光植入冻土深处，黄色的氛围便越发神秘起来。

来自地心的暖流，融化了僵死的生灵，烧透隆冬的记忆，然后把渴望的目光升华为浪漫的诗神，交给温暖的风轻声吟唱。

那冷峻的目光便渐渐苏醒，流动出彩色的旋律，迸发出隆隆音节。

这是大地深沉的呼唤，是令农夫们亢奋的信息。

此时，漫步于广袤的大地，目睹翻涌的泥浪，目睹升腾的地气和一帧帧素然的诗笺，农夫们灵魂的涟漪如躁动的春潮。

使山川动情，江河陶醉。浅浅的绿意，撩拨着每个人的心扉。急促的呼吸，震撼着奋进的灵魂。

这个季节，面对深情的土地，农夫们灵感飞动，情感激荡。

将奇妙的想象移植于泛油的沃野，我们挽着犁柄，伴着欢快的旋律翩然起舞，把希望和激情挂于眉梢，用矫捷的舞步和流淌的汗水绘成浓重的春耕图。

夜深人静时分，他们满怀豪情，把目光聚焦于田园深处，或凝视茫茫夜空，任片片绿叶化作希望脱颖而出，在和风中列出方阵，接受盛夏的检阅。

读侦破小说

善良的人们，很容易被一部侦破小说打动。面对跌宕的悬念，面对扣人心弦的情节，你会久久说不出话来。

面对扭曲的灵魂，血铸的人生，你会流出泪水，甚至咬破嘴唇。

他们往往在一个夜晚，随便就成了料事如神的神探，成为浑身挂满奖章的福尔摩斯。然后挽着漂亮女郎，出入高级舞厅、饭店，在繁华的都市驱车追捕罪犯，以博得姑娘的喝彩。

他们会在假想的故事中，与罪犯枪战，追入商店、学校，然后面对众多无辜，扔下枪支，表现出超群的武功，虽然负了重伤，却永不倒下，悲壮、宏烈，神秘地去迎接赶来的战友。

当年，我也曾为此而彻夜难眠，有时被梦中的血腥惊醒，然后去破解奇案中的谜底。

而今，已是警官的我漫步于都市的街头，低首徘徊，想着在某个角落，童年读侦破小说的情节一一再现，令我重新品味，令我内心沉重。

但我肩上更多的却是责任，一部侦探小说中没有的使命、责任与担当。

辍耕启示录

也曾像陈涉那样，扶犁发出"燕雀安知鸿鹄之志哉"的感叹。但当你的目光触摸到那丛杂草，触摸到那缕闪动着不安的疑虑，你温柔的心霎时坚定了下来，毅然举起闪光的犁，插向渗透着野性的黑土地。

你原本不是耕夫，你的使命只不过是尘世间的匆匆而行，但面对杂草和毒瘤的困扰，你却扬起了智慧的长鞭，心甘情愿地做了耕夫。

就这样，你缄默地耕耘着，耕耘一片孤独，耕耘着黑色的处女地和冬天里僵死的灵魂，然后在犁痕深处，寻找祥和的注脚。

举起长鞭，甩一声脆响，召唤出美丽的企盼。将赤子的热血溶入冰冷的冻土层，让幼苗拱破泥土，生长出白昼的遐想，生长出骚动的青春潮。

锃亮的犁头，是你耕耘的里程，记录着你躬耕的身影，也折射着忏悔者的辛酸往事，而在智慧的犁沟里，回荡的却是你疲惫的目光和浅浅的微笑。

也许黑土地早已板结，但你不会因此而收犁，却把青春的血浆点化成夜幕的帆，以忠诚的意念、勤劳的汗水去追寻阳光的嘱托，品味黑土地的苦涩。

你躬耕的姿态痛苦而动人，如天边美丽的风景。

每一寸感情，都盛开着智慧的风景，每一种思想，都转变为一种行动。你洒下大把的阳光，收获的是希望，是自己曾举着拳头发出的誓言。

黑土地从此不再孤独，开始丰满起来。

当你满头的白发溅醒黎明的晨露，额头的皱纹正讲述着一名耕夫的骄傲。

画家

你在画别人，那个早已遁去之人。

别人也在画你，画你面对画夹冥思苦想的姿态。

你画那个人扭曲的灵魂、变态的骨骼和过分贪婪的目光，为奔波的同行指点迷津。

别人画的你伟岸刚直，一尘不染，渗透着超人的智慧，昭示着正义之神的存在。

你画的别人却精雕细刻，细致入微。

别人画的你追求构图完美，形象逼真，神态早已升华为一种美的意象。

就这样，你每天躬耕于三尺画布，画出无知的芸芸众生，画出那些无知人生的倾斜坐标。

当岁月的霜尘将你的鬓发染白。你才发现，如果把几十年的画像印刷成书，定能成为画院的优秀教材。

这时的你，竟有些后悔了。

血色的黎明

一声枪响，惊醒了寂静的黎明。

浪漫隐去了，潇洒蒸发了，留下了满目的悲怆。

殷红的血溶入漆黑的夜幕，将你透明的思维和博大精深的内涵浓缩成闪光的真理，回荡在寂静的夜空。

此刻，你沉重的翅膀仍在悲壮中颤动，留下无数痛苦的回忆，仍在梦的天国放飞自己。任凭血的腥风打湿夜的记忆，凝成善良的泪水，在晨风中，滴落，凝固。

那是一面忠诚的旗帜，虽已被邪恶和无知侵蚀，摧残，但在晨风的簇拥下，却依然闪露着不朽的灵魂，闪露着你阳刚的身躯，和你那个为之痴迷的梦想。

我行进在晨曦中，慢慢地将你的亡灵捧起，编成一张网，打捞着那颗早逝的青春之心。

山低垂着头，仍沉浸在悲痛之中，和都市的浮雕流露出相同的表情。

血色的黎明很凝重，很深沉。

想起包公

想起包公，首先想起你那张被历史熏黑的脸，想起八面威风的开封府。想起包公，总想起那些扑朔迷离，起伏跌宕的故事，想起那些痛快淋漓催人泪下的场面。

包公打坐在一千年前的开封府大堂中，弃恶扬善，惩治贪官。

额头上的皱纹，写满了历史的沧桑和正义的传说，写满了一个民族的浩然正气。

三口御铡成了真理最好的见证。

你从历史的镜头走出，察民情，体民意，惩贪官，把一个个荡气回肠的故事写进正义的法典，写进百姓发烫的嘴唇。

从皇亲国戚到贪官小吏，无不被你的一身正气震撼，化作你的几多传奇。

一腔热血，溶进了你的赤胆忠心和铁面无私。

目光洞穿了人世间的所有不平，也将一个民族内心的追求，写进历史的典册。

你铡驸马，斩太师，甚至敢在皇帝的龙袍上敲来打去，让无数善良的心拍案叫绝。

你被百姓尊为包青天，却被贪官咒为包黑子，只有你的内心才懂得正义的分量和内涵。

一千年后的今天，我们仍能想起包公。那些在灯红酒绿中销魂的贪官想不起包公，那些中饱私囊的蛀虫想不起包公，那些挖空国库的硕鼠更想不起包公。

想起包公，一千年后的我们不禁热泪盈眶。

大山之子

你有着大山一样的体魄，有着大山一样的粗犷豪放，但你比大山更强健，比大山更令人遐想。

清晨，你踏着晨露，为山乡送去温暖和笑意，送去温柔的祝福和大山的厚爱。然后像啄木鸟那样，用满腔的忠诚去检查每一片绿叶，除去罪恶的害虫，一个庄严的使命压在双肩，镌刻在你的眉宇间。

赤子的心在胸腔跳动，你时刻牢记着母亲的重托。

弯弯的山路，背负着大山殷切的希冀，也牵动着赤子的万般祝福。潺潺的溪水，叠映出山乡喜庆的神韵，也溶进你对母亲深深的情愫，让人万般痴迷。

放羊娃望着你微笑，羡慕你英俊的外表，但猜不透你内心深处的赤子般的追求。

你把内心的情愫植入山里人的笑靥，把真诚的祝福留给所有的山里人。

当黄昏的缕缕炊烟将山乡多彩的梦幻放飞，当银色的月光洒下夜的朦胧，痴情的你又出征了，走上夜的边境线。

你肩上扛着的，不仅有乡亲们的殷殷期盼，也有慈母的悠悠眷恋，更有格桑花的默默祝福。

哦，你是山之骄子，大山的乳浆把你哺养，造就你纯真的童心。

你走进山的怀抱，用自己的青春和热血，用对母亲深深的爱恋，为山乡编织出五彩的项链。

雄性的冬季

绿色的梦再也破译不出芳香的密码，北方的隆冬无法叩响心中那个温暖的堤岸。

凛冽的风穿过大漠孤烟，仍不知疲倦地雕刻着什么，只有它自己明白创作的意图。

北国的冬季，太阳如同一团迷雾，白得耀眼。

在这个季节，我踩着积雪，走进天地的瞳孔，凝视着雄性的太阳，让软弱的思绪接受炼狱之火，然后挽一缕白云，去祭奠那个破碎的梦。

埋掉落叶，掩去泪水，让厚厚的雪重新孵化出生命的原色，去绿化人们的记忆。

大地凝重地举起臂膀，将一个响亮的足迹传遍冰雪的北方，且铿锵作响。

在宁静的雪夜，点一堆篝火吧，把苦恼和欢乐浸泡在酒精中，咀嚼着野味，去细细品味人生的苦辣酸甜，让忧愁和痛苦冬眠，转化为一个美好的明天。

雄性的冬季，很有诗意，好潇洒。

难忘的岁月

一

在江南的雨季，哭泣的家园正把不幸和灾难强加在人们的头顶，狂泄的洪水在神州大地激起轩然大波。

在那些噩梦掩映的日子，滔滔洪水从天而降，被泥沙和洪水冲破的江堤反复诉说洪魔的丑陋，浊浪仍在不断涌来，反复撞击人们沧桑的记忆，美好的家园发出阵阵呻吟。

面对肆虐的江水，面对受伤的家园和失血的土地，我们满眼都是洪水的潮汛，写满了对洪水的诅咒。那些被邪恶扭曲的面孔，燃烧起不屈的欲念。

二

面对告急的江堤，面对在洪水中无数挣扎的手臂。

百万抗洪大军突破风雨的阻隔，集合于风卷浪涌的江堤，集合于正在泣血的家园。

劈开雨幕，化作永不沉没的生命方舟，去营救被围困的群众。以血肉之躯，汇聚成浩然正气，铸成巍巍江堤。

一双手，十指紧握，千脉连心，一双手堆砌满了老茧，爬满了岁月模糊的印记，飘过汪洋肆虐的河道，丝毫没有退却。

黑暗中，一袋袋沙袋被背到抗洪救灾的第一线，一个个伤员安全转移，一个个堤坝需要的钢管，扛在年轻的肩膀上。

红色的袖标与绿色的迷彩，共同构成了抗洪的主色调，抗洪一线的堤坝留下了无数奔跑的脚步。

听一听那面对江堤的铮铮誓言，看一看那催人泪下的感人场面，为了绿水青山，为了人间的真情，他们用对家乡火热的激情，谱写着抗洪的赞歌。

老支书的身影不见了，江岸上只留下那盏永不熄灭的马灯，抗洪英雄的身影不见了，但浩浩江水仍呼唤着一个烈士的英灵。

五千年的文明史凝固了，定格为一道橘红色的千里江堤，在无形的国土上闪烁。

三

尽管满天的风雨仍在讲述昨夜惊险的一幕，尽管险象环生的江水仍在不断诉说着千年水患。

但透过无数与洪魔鏖战的身影，我们却分明看到，一个民族的脊梁正在高高挺起，化作坚不可摧的钢铁长城。

无数中华儿女正用不屈的意志筑成时代的丰碑，把无私的奉献深深嵌入抗洪纪念碑的基座。

正是他们，在世纪的拐弯处，用青春和热血书写出共和国那厚重的历史和传世的典故。

冬日断想

当肆虐的风锯断秋的彩裙，远去的夏便淡化出一个冰雕玉砌的童话，一个闪烁着雄性欲念的主题。

透过冬天冷峻的目光，不冻的月色依旧讲述着昨日的喜悦，我们的心境依旧碧绿如初，依旧涌动着滚烫的春潮和难以忘却的激动。

几束阳光，驻足在阡陌的垄头，观看那支遒劲的笔，如何镌刻出阳刚的文字。

北方的冬季，庄严、圣洁，俨然是一帧宁静淡雅的风景画，渗透着浓浓的乡情。

冬天的意念，交织在一片朦胧里，读起来含蓄而费解。

梦中的红纱巾远去了，再也托不起昔日的梦翼，只能将春的影子珍藏在记忆深处。而此刻，我却看到了无数奔走的灵魂注满了浓浓血性，凸起的脉搏鼓胀起勃发的活力。在猎猎的西北风中，矗立成生命的风景。

走进北方的冬季，领略到的是一种真正的生命风景。

此时，坐在冬日的阳光里，倾听生命在冰土中顽强抗争的声音，感受在冰冷的背景里，真正的生命正在透过岁月的凹凸，穿过死亡的地带，崛起生命的欲念。

隆冬可以冻僵一切，却冻不死一颗青春之心。

观围棋

黑白分明的世界，天元居中，将一片喧嚣裂变成一种静谧，一种渗透着太极的文雅中。

三百六十一个支点，密布着温柔的杀机。

滚滚的硝烟浓缩于方寸之间，浓缩为两颗心的较量。

一切都渗透着神秘的玄机，一切都流淌着中国传统的古风。

投子步阵处，寒光凛冽。

陡然，一片白光划过脑际，生长出无穷的意念，令翻卷的云激动不已。

随着急促的节奏，对阵双方打开不羁的思维，让智慧披一身战袍，在古老的棋谱中厮杀，燃烧。

尖、顶、刺、提，孙子兵法被运用得淋漓尽致，迸发出点点火光。

游龙蜿蜒天元走，生死劫中相持的虎口，围城中的黑白世界，谁能看清，谁能看透。

战场死寂，落日如珠。

胜败虽在半目之间，却遐想在蔽日旗幡的悲壮中。

唯有一颗不甘示弱的心，跨过五千年的风风雨雨，在你我的心中遨游。

围棋犹如智慧的迷宫，岁月如棋盘，光阴若棋子，探索则是人生精彩的布局。

人生正如围棋一样，三百六十一个十字路口，我用一辈子的时光，行走在人生的迷宫中。

捐款箱

以红色将一颗颗爱心点亮，整个世界便顿时生动起来，有了许多动人的情节。

在灯火阑珊的舞台，在闪烁流行风的街头，你闪亮登场，将一份份如注的情感，连同片片爱心收集起来，寄给遥远的灾区。

你以特有的姿态，矗立于亿万民众的心里，将一幅幅诱人的画面汇聚成如注的情感。

每一笔捐款，都珍藏着一个动人的故事，让旁观者悄然落泪。

每一笔捐款，都饱含着中华儿女火热的情感，令人感到人间的温暖，真情的可贵。

血浓于水，情重于山。

从白发苍苍的将军到刚刚学语的孩童，从商场弄潮的宠儿到刚刚下岗的工人，每一位善良者都会被你的真情打动，慷慨解囊，奉献出自己的爱心。

捐款箱默默无语，但却感受到了人世间最浓的亲情，感受到了中华民族五千年的骄傲。

望着红红的捐款箱，我的心在颤动，泪水在涌动……

故乡的路

一条贫瘠的沙石路，轻柔地趴在记忆的深处，时间久了，便生长出乡愁永恒的风景，深深刻进大脑的回沟。

每每独立窗前，或读友人为我描述乡土的面容，任凭怀乡的思绪爬满我的心头，被触摸的你便栩栩如生，忆念出一些童音。然后，随着炊烟和雨丝，叠映出你弯弯的诗行，还有那个回旋着牧笛的黎明。

在流泻着古朴风情的老槐树下，乡音以苍老的手，把一碗殷红的鸡血酒高举过头顶，郑重地告诫我，不管到何时何地，都不能忘记祖宗，随后望着我将它一饮而尽。

我告别了那些苍老的泪水和砌满皱纹的母亲，告别了父辈们闪烁着希冀的目光，告别故乡的老屋，父亲的皱纹、母亲的白发，举起大山沉甸甸的嘱托和叮咛，沿着那条沙石路一路前行，开始了人生旅途的第一步。

弯曲的沙石路把我送上旅程，慈祥的大山在向我做凝重的告别，并且感动得让人鼻子为之一酸。

每一次走在回家的路上，如同走在父亲的心上，面对乡亲火辣辣的目光，我不忍用力，生怕踩痛它，弄脏它……

以后的日子里，每当孤独敲响我记忆的窗，我便掏出被家乡山水写成的袖珍诗集，把其中的经典谱成月光，让信念伴随着岁月浅浅吟唱，去奏响火红的黎明。

第二辑

感恩岁月

古船

博物馆里的古船，航行在五千年的长河中。驶过三皇五帝，驶过五代十国，迎着纷飞的箭弩和隆隆的炮声，一路驶来，劈波斩浪。

岁月的涛声哗哗作响，把古老的身躯洗濯成生动的纪念碑。

古船虽然破旧不堪，但思维却不曾衰老，在历史的那边仍隔海相望，内心深处依然吟唱着那支老掉牙的橹歌。

历史的云很轻很轻，被岁月一点点借走了，在沧海桑田的水系中，沉淀为短短的遗言。

古船的故事很古老，在史书的深处熠熠闪光，孤独的桨经历亿万次磨难和漂泊之后，终于把内心的瞩望升华为一块块诱人的绿洲。

激荡的海风中，谁在凝望汹涌的波涛浮想联翩？谁的身影冲破风雨的阻隔，把黄土地的文明播进异土他乡？

桅杆上鲜亮的旗语，昭示着古船深刻的哲理。

泣血的船工号子自远古而来，穿透岁月的尘埃，将古船不悔的追求写进时间的深海。

博物馆中的古船，不再是行驶的象征，而是以一种搏击岁月的姿态，拓展出人类文明的章节。

绿水

踏着滴翠的声音，打开森林兴奋的瞳孔，碧绿的生命之水便穿过峡谷的记忆，穿过山乡淡淡的渴望，在天地间尽情抒发出如注的情感。

绿色的声音在青山的环抱中，被悦耳的鸟鸣唱得通体透明，洋溢出无穷的动感。

在绿色的氛围中，你款款的足音，唤醒青山沧桑的记忆，把如诗的梦写在大山的褶皱里。

痴情的松树发出阵阵掌声，欢迎着你的莅临。

那是一种清澈之水，力量之水。以无形的力度切割岩石峭壁，突破重重阻隔，踏上漫漫征途。

空山很静，唯有你奔腾着，咆哮着。

江水永矣，不可方思，若没有曲折，怎会有人生的豪迈。

你以涌动的激情扑向白发万丈的龙潭，粉碎成人生的壮观，让生命的每一个细胞为之动情。

莽莽青山被感动得落了泪。那是龙种的血脉，古典的圣水。

在绿风扑面的地方，你一腔赤诚，将流动的风景卓立成生命的风骨，渲染在中国画的经典里。

呵，绿色之水，生命之水，你以诱人的色彩，催醒生命的根系，长成参天大树。

你孕育出众多的生灵，以不屈的意志穿过唐风宋雨，将五千年的江山刻进天地的视线。

春天的霞光

你从隆冬深处走来，带来一丝春天的气息；从漫漫黑夜中走来，给人类带来智慧的种子；

你从我干涸的心灵走来，使孤独的我产生无穷的动感和火热的激情。

在你的面前，荒芜的土地生长出一丛丛生命的音符，叠映出亮丽的景观。生命的根须在你的目光中泡展，延伸，焕发出勃勃生机，让每一个智者都感受到生命的可贵和多情。

在山乡深处，在你多情目光的注视下，红尘中的一切便有了深刻的内涵，孕育出生命的绿洲。

伴随着朝霞中的袅袅炊烟，伴随着渐渐解冻的滚滚春潮，我的内心深处有一种火焰在燃烧，有一种激情在涌动。

那是一种生命的召唤，是一种爱的希冀。透过你燃烧的目光，在黑暗中跋涉的我分明感受到生命的渴望。你的目光如暖暖的手指，轻轻触摸着我的心灵，使夜行中的我挺直了瘦弱的身躯。

一切都在你的目光中诞生，一切都充满了神奇的遐想，一切都在经受无形的裂变，叠映出灿烂的色彩。

让灵魂震颤，让世界瞩目。

守望麦田

守望麦田，守望着一个乡土的梦，一个奉献的梦，一个感受抗争与苦苦追求的梦。

当一粒幼小的种子经过苦苦的追求，刚刚把嫩绿的身体浮出地面，便经受了从未有过的严寒。

把自己崇高的追求压在自己的心底，以无言面对严冬的拷问，饱受积雪的折磨。

麦子在艰苦的磨难中茁壮成长，在庄稼人企盼的目光中渐渐成熟，以自己的痴情实现了自身的价值。

麦子坐在七月的风景里，任季节的脉搏把自己敲打成欢庆的锣鼓，让黄土地释放出火热的激情，生长出麦香的民谣，生长出农人喜庆的目光。

当我们站在五月麦浪翻涌的麦田里，站在大片大片舞着阳光色彩的掌声中，兴奋得睁大了瞳孔，在感叹黄土地无私奉献的时候。麦田却发出一阵阵躁动与不安。

传统节日（三章）

春　节

一个响亮的名字，将华夏的千年古梦雕刻为一尊欢庆的浮雕，一种无数生灵的美好祝福。

在季节的高潮处，伴随着炸响的春雷，每一位游子都动情地睁大了眼睛，在期盼中倾听着新年的钟声。

随着逐渐热烈的阳光，冰封雪冻中渐渐传颂出一个火热的话题，且姿态动人。辞旧迎新的欢呼雀跃声中，庄稼人的脸上写满了丰收的喜悦，红红火火的高粱酒醉红了岁月的脸颊，那些在胡同口奔跑的小孩儿泄露了话题的本意。

一元复始，人们将美好的憧憬写进解冻的视野，写进温暖的天空，写进庄稼人的梦乡。一声声春雷，在人们的心田轰然炸响，释放出庄稼人久蓄的激情，装点着人们喜庆的眉梢。

这时节，酒成了唯一的话题，人们把殷红的琼浆灌入焦渴的心田，生长出诱人的嫩绿，让想象的思维膨胀出火红的希望，在春风中飞扬。

感受红红火火的春节，感受生命的轮回。

透过欢庆的爆竹声和美好的祝福，春的色彩在人的目光中发芽、拔节。

那时，我们兴奋到了极点。

端午节

一个节日与文人的尊严紧紧连在一起，与一种精神紧紧连在一起，成为一代文人的骄傲。

汨罗江畔，在一个春暖花开的日子，三闾大夫喝完了最后一滴浊酒，纵身跳入汹涌的江水中。在你接触水面的那一刻，你飞舞的衣袂，遮蔽了世人的眼睛，让浪漫的诗神为之叹息。

唯有那些昏庸的君王仍在醉生梦死，仍在享受着巫山云雨的欢爱，丝毫没有顾及苦闷的三闾大夫，仍不断将他四处流放。

在多雨的江南，滔滔的江水至今仍在低吟着委婉的楚辞，古筝在悠扬地伴奏。《离骚》《九歌》《橘颂》《天问》，每一篇都流露着伟大的爱国情怀，每一章节都渗透着香草美人的华美。古老的文化在屈子的心底结痂成永恒的诗集，走进千家万户。

屈子，一个影子托着五月的梦，呐喊着山的沉思，《九歌》从古代文人的嘴里流过，在冥冥中，化作璀璨的星座，化作悠悠的南风。

一种精神与艾蒿一样绿，散发着浓郁的幽香。

许多年后，我们把昨日的相思化作一种深深的寄托，化作精神的食粮，充实我们贫瘠的思想。

中　秋

那时的月亮是天下最圆最大的月亮。那时的月亮是世上最相思最抒情的月亮。明月当空。当你以楚楚动人的姿态出现在世人的面前，华夏子孙的所有神经都集中于自己的家人，都在自己的内心祈祷着家人的平安。

月穿行于人间所有的角落，穿行于人们的心中，暴涨的潮水和树下的期待构成了刻骨的思念。尽管有瑟瑟的秋风刮过我们的心头，有流云穿行于宁静的夜空。但一颗团圆的心时刻萦绕在边关和军营，萦绕在孤独与沉没的日子。

那时的月亮有的成了圆圆的月饼，有的成了散碎的幻影。

那时，尽管我们的眼里缀满了亲人的微笑，尽管我们的心头期待挂着思念的呓语。但孤独的意念，却把我们的每一份祝福和追求都凝聚成长长的等待，化作生命中永恒的坐标。

故乡的炊烟

故乡的炊烟，从篱笆掩映的小院升起，飘荡着缠绵的感觉。在炊烟的映照下，世界格外生动了起来。

炊烟在乡村的额头飘过，挂在我儿时的记忆中，很有韵味。炊烟从灶间拔节，垂直弯曲的倾诉，让人们在陶醉中聆听了千年万年。炊烟写在村庄亢奋的脸上，十分写意。很多生命便破壳而出，在炊烟中放纵自己的意念。

清晨，我们瞩望在炊烟之中，让你袅袅的姿态萌生出春的欲望；黄昏，我们走进炊烟仁慈的祈祷，走进你博大的胸怀，倾听你用沧桑的语言讲述乡情的典故。那时节，我们心满意足，尽情地徜徉在炊烟中，如同欣赏家乡古朴的山水画，让那缕炊烟普照在视线的每个角落，述说永远也讲不完的故事。

生活在乡村总会有收获，黄土地孕育了庄稼人的胃口，完全包容了粗糙与细腻，让所有熟悉的人惊喜。

山里汉子举着硕大的手掌，吟唱着苍天厚土的赞歌，青山绿水在激情地伴奏。乡村面色红润的女子，袒露的襟怀总不愿保守秘密，炊烟瞅准时机，将香喷喷的结局袅袅扩散，在高天大野生动的背景中，剪辑出走遍天涯的姿势。

乡村那些胸脯丰满的女子，通过炊烟的感觉，将一生瘦弱的光景精心哺育，让后生们一个个变得高大健壮，使年岁渐长的农业，旺盛的精力有增无减。

乡村与城市在一起，共同让炽热的感情反复在炊烟中蒸蒸煮煮，将一种香香甜甜的答案写进史书，让我们古老的民族一年四季都咀嚼舒坦和幸福。

炊烟很浓很烈地涂抹于我们的视线的深处。面对故乡的炊烟，我们敞开豁达的胸襟，让悠悠的炊烟演绎成我们目光的向往。

黄土地

一

始终以不变的姿态，去追寻一个亘古久远的梦。经过亿万次磨难之后，你终于积淀起丰厚的内涵，升起一种渗透神圣欲念的希望。

你黄色的肌肤，古朴的思想，深深扎根于一个民族的心底，令每一个生灵痴迷，陶醉。

透过闪烁着慈爱与母性的灵光，透过遥远的岁月和浩瀚的经典，古老的你始终饱含激情，始终袒露着对生命炽热的爱恋。

沿着你波光粼粼的记忆走进去，远古的风便会穿过你的百肠千结，讲述着你的许多传奇和无数典故，使时间老人感慨，动情。

所有的生命都在你的怀中发芽，所有的经典都注满了你浓郁的情感，蓝蓝的太阳雨在你身上滚过，噼啪作响，进而生长出生命的细胞。

你的精血孕育了绿洲，孕育了人类，孕育了国度和温暖的乡情。

二

感受黄土，便可感受到你凝重的身影。

透过古老的情节，透过轮回的岁月，你的影子越过天空，漫过宇宙，浓缩出一个滚烫的名词，写进无数游子的心田。

高山成了你隆起的脊梁，江河是你不息的血脉。

尽管雷电无数次抽打你的躯体，尽管战火硝烟无数次将你摧残蹂躏，但阴云散去，你依旧一往情深，笑对人生。

任轮回的生命轻托着你无悔的梦，漫过茫茫天宇，浓缩出那个滚烫的名字——黄土地。

春风吹过，你翻卷出阵阵芳香。

金秋来临，你无私奉献出沉甸甸的果实。

家园，是先民们对你最高的尊称。祖国，是一个民族对你最深厚的情感。

先民们种下汗水，收获喜悦，种下男人的剽悍与女人的温柔，收获智慧和爱情。于是，先民们承受着你的恩泽，将你尊为高贵的神，无数的人对你顶礼膜拜。

踏着祖先留下的歌谣，走进历史，走向未来。

三

凝神面对世纪的风尘，黄土地也曾激动得落下泪水，也曾为自己的昨天和明天而彻夜难眠。

但内心的憧憬早已升为一种执着，你所面临的只能是奉献，奉献出宽阔博大的胸怀，让众多的生命发芽，生长。

经历大彻大悟之后，面对漫漫旅程，你坚信，生命之躯不会消融，心中之梦不会陨落，即使到了天涯海角，你的影子也会凝成永恒的帆，深深刻进每一个游子的心房。

热土如梦，始终寄托着人类对生命深深的渴求。

思念如潮，始终铭刻着你生命无悔的追求。

下岗

工厂的天平倾斜之后，你被无情地抛向了空中，抛向一个陌生的世界。

从此，你告别了林立的机器，告别了几十年的工龄，一夜之间，由主人公变成了失业者。倒闭的工厂成了你梦中的名词，金钱露出了狰狞的面目，你心中那个美好的梦在破碎。

尽管你曾经是大家公认的劳模，姐妹中的明星，一个工厂的偶像。但耀眼的光环挽救不了一个企业的命运，挽救不了你多难的人生。

引以为豪的工厂倒闭了，昔日的光环无法照亮你前行之路，命运发生了无端的挑战。社会在你眼中从此冷漠起来，孤独的你分明感受到生活的无情和无奈。

你的目光翻阅了世界上所有的工种，开始把不安的心系于街头招工海报。

以一种姿态，重新展示自己的风采。

以一种语言，诉说自己无奈的思考。

以一种信念，重新确定自己的人生坐标。

无奈的生活开始有了微笑，人生在你的汗水中迸发了光彩。

当你前行的脚步突破世俗的阻隔，点燃远航的风帆，你重又成了生活的强者，精神的富翁。

那一刻，你心中的梦想正在慢慢拔节。

夜的眼睛

一

带给光明的太阳走了，一望无际的大幕，开始以神秘的色彩淹没所有的家园，以种种悬念构思出深邃的面孔。

高大建筑物上的霓虹灯夸张地显示着各种图案，向这个世界炫耀着自己的美丽的外表。

繁星的闪烁，悬挂着生命的灵感，在浩如烟海的古镜中揭示出天地间的玄机。

在这寂静的夜晚，我独自漫步在宽阔的街道上。没人行走的街道空旷了许多，犹如郊外阡陌土地。

路灯凝视着我和我小小的影子，孤独的路灯将我的身影拉得时长时短。

在这种时刻，最能引起联想的是自己在白昼做了些什么？最能让人感到彷徨的是红尘中的恩恩怨怨对无辜的伤害。一丝淡淡的喜悦袭上心头，充满了难以名状的思绪，不知是难言的惆怅，还是无忧的伤感。

天籁深处，高深莫测的夜仍圆睁着巨大的瞳孔，在注视着尘世中的一切，显示出神秘的玄机。

透过漫无边际的黑夜，谁的智慧凝固成沉思的姿态？

谁的灵魂叠映出生命的风景，使孤独的夜涌起阵阵激情，萌生出焦渴的欲望？

二

起风了，衣袂随风飘扬，突兀的树枝摇晃着身躯，不甘寂寞地将混在新叶中的枯叶撒落在地面上，叶子潇洒地在风的旋动中翩翩起舞，虽然显得有些枯黄。但她的舞步却是那么轻盈，渗透着无限的柔美。

我抬起头，在深邃的天幕中寻找属于我的那颗星座。

人类的每一个幻想都从这里诞生，人类的每一次崛起都从这里开始。

在混沌中萌生出欲念的曙光，进而孕育出电闪雷鸣，孕育出悠扬粗粝的回声。

一时间，天崩地裂，宇宙震颤，万物复苏，生长出鲜艳的太阳和勃勃生机。

原野深处，生命的根须尽情舒展，渗透每个黑暗的角落。

透过被夜色镀亮的悲壮身影，我们的耳畔掠过骨节松动的声音，掠过难以忘怀的激动。

温柔的夜色涌动着生命的暗流，波光粼粼，光芒四射。

厚重而漆黑的泥土生长出稚嫩的音符，芸芸众生双手合十，祈祷着福音的降临。

三

夜的音节从天籁传来，雄壮而神奇。

无论什么季节，只要踏上那片古老的土地，不羁的思维顷刻便会闪现出原始的野性，闪现出躁动和不安。

那是怎样的神奇与诱惑，即使想象力再丰富的诗人到此也会变得愚钝。

夜，以神秘的面纱隐藏了一切丑陋，以博大的胸怀赐人以静之美、静之馨、凉之醉；夜以思考的姿态，营造出温柔的氛围；让人们在满足中感悟着爱的朦胧，体味出爱的真谛。

此时的夜没有了躁动，没有了嘈杂，所有的人都沉醉在甜美的梦乡中，而我却醒着，在孤独中回味着白昼的伤感。

四

黑夜深处，一群困兽迎面走来，在夜的荒原上，正走向善良的人们，走向死亡的唇边。

在绝望和哀叹之后，一个个灵魂从清冷的夜空滑落，成为夜的尘埃。

寒夜渐起处，夜溅湿了我的思绪，我紧紧包裹着自己。回到那个属于我的小天地，打开尘封已久的窗帘，再次与夜对视，我逐渐找到了那个自己，一个失落已久的自己，一个渴望自由的自己，一个真实的自己。

天穹为之一颤，显示出恐慌的本意，只有被夜色染尽的白莲花，在寂静中凭吊着逝去的一切。

而在另一个角落，灯光与夜色在激烈地撞着，震耳欲聋，闪动的红唇与蛇扭动在一起，勾勒出夜的风情。

一枚金币掉落在地上，在夜风中叮当作响。

五

在经历漫长的祈祷之后，记忆的岛屿开始浮现出来，在夜色中闪烁出祥和的光。

那是血与火洗礼的光泽，是平凡与伟大的记忆。

虽然历经磨难，难以辨认。但在拓荒者歌声的映衬下，仍显露着一串首尾相连的岁月，一片古老而辉煌的天空。

我伸开湿润的手，开始触摸忧伤的情感，将多日的思念植入你的渴望，去感受一次短暂的聚会。

拨动激荡的心弦，除去岁月的尘垢，让心中的屏幕映出你匆行的身影。

在温馨的月光中，弹奏欢乐的你和我。在爱的摇篮中，播洒诱人的甘露。

尽管黑色的海面上依然波涛汹涌，尽管黑色的泥土中荆棘丛生，隐藏着无数的陷阱。

挑灯夜行的我芳心依旧，以自己的智慧开垦着每一寸夜空，撒上梦的种子，浇上辛勤的汗水，让孤独的枪口缀满爱的许诺。

以坚实的脚步，敲响夜半的钟，书写出千古绝句。

夜睁大了兴奋的眼睛。

六

雄壮的乐章从天边响起，那是天籁对生命的巨大呼唤，是创世纪的前奏。

在火与水的洗礼中，在雷与电的击打声中。黑土地破碎了，流动成生命的琼浆，无数生命张开稚嫩的翅膀，开始狂舞，姿态楚楚动人。

黑夜没有泪水，有的只是星星燃烧的火焰，而英明的月牙犹如一弯雪亮的刀痕，镀在夜的额头上。

流水潺潺而来，响彻天宇，无数脉管顿时充盈起来，搏动成生命深沉的呼吸。

那是一颗走向生命的心，一种能量的超然释放。在孤独的思考中，昭示出鲜为人知的哲理。

大河泱泱，漫过灵魂的家园。

七

深邃的夜，拓展着生命的无形的时空。

悄然走过青石板，走过斑斓的街道。远方的都市构成了现代的轮廓，把一个个典故写进文明的背影，在史书中熠熠闪光。

夜风中，最初的豪气焚化了，裂变成生命的悲欢离合。

面对古远悲壮的夜，我双手合十，请求夜赐予我勇气，赐予我力量，让我在夜的怀抱中袒露出自己整个的灵魂。

让多情的细雨，打湿我枕边的梦幻，熨平我心中孤独的皱褶。

温暖的夜色汩汩地从我身边流去，夜明亮的眼睛带我走过爱的沼泽，走向灿烂的黎明。

举起血液镀亮的誓言，走向生命的奠基礼。这时，我忽然想到，这整个夜都是属于我的，那时的我不再孤独。

走进世纪之巅

一

凝固的岁月正在慢慢融解，厚重的昨天正粉碎成纷飞的雪花，等待一个时刻的到来。

透过日历上滚动的阳光，我们的身形正跨过历史的高度，把远海读成一部金色的预言。

旷世之歌，从百年沧桑中流过，我们站在三万六千五百个日夜的源头，倾听着下一个世纪的足音。

在悠久的世纪风面前，我们看到，在东方河流的每一个细节处，都闪烁着一组组古朴的浮雕，在那片东方的五色土中，生长着一丛丛不朽的智慧。

古典的阳光下，我们躬耕的身形正放大成一面面希冀的旗帜，注释着生命的本意。

面对一个世纪的呼唤，我们将不同的脉搏凝成时代的强音，为了达到历史的峰巅，我们探索的思维辉煌成太阳的姿态。

歌声，构成了跨世纪的风景诗。

脚步，凝成了对未来的憧憬。

沿着历史的涛声，我们以独特的姿态屹立于神州大地，用火热的激情，将自己的身影融入未来的天空。

二

世纪的钟声在每个人的耳畔敲响，震耳欲聋。

在洪亮的声音里，前行的我们分明感受着岁月的重负和真理的召唤。

经历一个世纪的磨难之后，善良与邪恶仍在进行较量。

透过那些失血的记忆和泣血的典故，我们的眸子挂满泪水，让种种不幸在时空中碎裂，化作逝去的烟云。在正义的注视下，真理依然情有独钟，以质化的声音拔节出一个响亮的哲理。

生命的旗幡永远不会陨落，时间之犁插入纷飞的日历，我们在时光的沐浴中，体味跋涉者的苦辣酸甜。

让我追求的脚步走遍天涯海角，化成一首诗。让我不屈的灵魂在红尘中尽情漂泊、流放，化成生活的光环，化成渴望与企盼。

面对世纪之交，我们轻举闪亮的誓言，一路远行，用热血去祭奠昨天的旧梦。

三

翘首而望，星月之魂仍在激烈地碰撞，生出生命的脉络。

在太极图深刻的背景里，我们伫立于世纪的边缘，独守最后一片宁静的天空。

让昨日的记忆最后一次闪现在大脑的回沟，定格出红尘中的许多憾事。

多情的歌者，你是否已感知到新世纪的曙光，能否聆听到愈来愈近的脚步声。

在世纪之巅行走，远古未有的空旷将我们的思维无穷扩展，在时光中，我们将先人使用过的遗物一一清点，然后装入历史的仓库。

面对这个世纪仅存的一段时光，所有的人都很激动，所有的心都在充血。

荒芜的心在独舞，醉生梦死的灵魂在挥霍着生命。崛起的思维在感染着麻木的尘世。

我们在黄昏的某个时刻，面对沐浴在血液中的太阳，面对黑夜中探索的脚步，许下自己的心愿，让血液燃烧成一把火炬，照亮跋涉的征途。

真理是一种偶像，历史亿万次磨难之后，被红尘擦得雪亮。

面对世纪的钟声，我们手擎一片天空，从容地走过岁月的路口，成为美好的风景。

四

在世纪的年轮深处，无形的枪口正指向善良的靶子，布满鲜花的陷阱正暗示出旅途的艰辛。

回首茫茫往事，我们的身影从时间的积淀中走出，意念出滴血的情节，伤口在隐隐作痛。

在世纪的交叉处，谁为我的伤口上撒下了一把盐？谁让我在灿若星辰的子夜，独饮临别时母亲的最后一滴泪水，然后在沉思中与昨天握别。

我们走过埋藏百年梦想的热土，走过无数岁月瞩望的日子，将跋涉的身影凝成一种庄严的塑像。

让所有的灵感都植入未来的土地，生长出欣喜的色泽和充实的内涵。

血泪交织的梦绽裂了，在涌动不息的大潮中，吟唱出一首永不封冻的歌。

与一个世纪的灵光相遇，我们的人生更有意义。

在恪守对生命的诺言的同时，我们用焦渴的心翻开人生最壮丽的一页，去接受庄严的洗礼。

五

世纪之巅，一棵树以沉思的姿态，撰写出一个世纪的寓言，多角度多方位地散射着智慧的光芒。

而红唇族在歌舞的伴奏下搔首弄姿，发出种种诱惑，续写出浪漫的情节。

面对苍穹、大地和恩泽众生的海，我们的灵魂逼近想象的天空，静静地体味着多彩的生活，继而鼓胀起青春的热血，走向蔚蓝色的天空。

多情的世纪风映衬着我们的身影，把我们跋涉的足迹剪成永恒的箴言，让未来传颂。

红唇族的歌舞曾迷惑过我们的视线，曾使逝去的岁月触目惊心。但面对世纪之光，我们将遥远的风景化成神圣的偶像，毅然穿过伤痕累累的昨天，穿过世俗中林立的目光，用满腔痴情去弹唱一首孤独的旅歌。

跋涉的足迹可以被风化，但信念却是永恒的。

沿着阳光普照的沧桑之路，我们在时空的沙漠上种植出精神之树，让后人乘凉。

六

人的生命不过百年，思想却可以万古长青。

当我们的足迹走到百年尽头，便会发现人生的最初意义和真谛。

世纪的曙光早已照亮思念的窗棂，我们义无反顾地行进在时空的沼泽里，走过沧桑的古脉。

跋涉过三万六千五百个日日夜夜，让我们的名字和墓碑在天籁中化作璀璨的星，在轮回的世纪中澎湃出又一首千古绝唱。

无悔的红裙子

面对那条流行的红裙子，你无法解释流泪的原因。在经历一番痛苦的告别后，便将它悄然叠起，锁进梦中。随后，你便把十八岁的温柔和童年的梦幻一同融进雄性的方阵，融进大山的褶皱和黛青色的寄托。

就这样，你甜甜的笑靥便凝固成一种永恒的执着，一种高耸的威严。在粗犷的大山中滚动出多彩的季节，勃发出诱人的梦幻。

温柔，并没从你身上消失。多情，掩埋在内心深处。潺潺的小溪映照着你妩媚的身影，野蔷薇的暗香默诵出你心中的诗行。梦中的相思树虽伴着你的秀发疯长，但你却体味不出果的芳香。

五彩的山风，曾荡起你阵阵的青春潮，披肩发和连衣裙也曾刺得你心房发痒，但崇高的信念深深植入你的心底，你已把那条红裙子遗忘得很远很远，以至只剩下了裙子的轮廓。

只有当黄昏的炊烟放飞出山乡的喜悦时，俊俏的你才换上梦中的红裙子，在山的舞池中，随浪漫的山风尽情地舞蹈，体现出飘逸的韵律。放飞梦中的情丝。

虽然只有片刻，但伟岸的山已经陶醉了。

因为你长得很美。

犁

犁是农人骄傲的手臂，以特有的姿态亲近土地，与黄土地促膝交谈。

犁以智能的思维向土地攫取生命之源，养育出一个智慧的民族。

犁是我们祖先精心制作的作品，在问世之前，就在与土地有着悠久的渊源。

犁与父亲一齐佝偻着脊背，面向黄土，负载着阳光的嘱托，负载着人类的叮咛和深埋殷切的希望。

犁尖解析着泥土的声音，聆听着种子植入泥土的声音，然后，企盼着它生根、发芽，生长出一丛丛的希望。

而父亲与老牛交替的喘息声，渐次在芳香的泥土中扩散，传给地下的种子。

随着犁的耕耘，农事与季节使土更换了颜色。

犁，这不倦的精灵，在轮回的时光中，将土地与希望编织成一弯新月，编织成生命之帆。

而父亲，作为犁忠实的伙伴，总在与犁一样扩展着自己的年轮。

犁总是在人们的期待中梳理着土地的思绪，把人们对生活的渴望写成一部厚重的历史，让那些远离家乡的人去咀嚼。

怀念诗圣

一颗巨星在人们不曾关注的时刻陨落了，苍穹中闪耀出炽烈的光。

那是一颗燃烧了一百年的巨星，接受日月精华的洗礼，最终锤炼成一面诗与歌的旗帜。

千年的古风从你净化的嘴唇吹过，智能的灵感便在你的思索中结痂成深邃的诗篇，结痂成文明的缩影，被无数的歌手传唱。

高耸的气节，从你宽大的额头溢出，被后来人提炼出一种特殊的物质，叫作诗。

诗圣的生活很清贫，清贫得只有维系简单生活的家当。诗圣的精神世界很富有，能够装下整个世界，整个宇宙。

青灯下，诗圣深思的眼睛，浑然成一尊庄严的古物，在尘世中散发着光芒。

怀念诗圣，我把你那些渗透着人生哲理的诗句，反复拆读，从字里行间感受到善良的意象和对美好人生的畅想。

诗圣远行的日子，我们虔诚地双手合十，祈盼着缪斯之神的再度轮回。

流星

以一种悲壮的姿态，照亮漫漫旅途。

你曾经是一颗耀眼的明星，以彩色的光环吸引着红尘中的一切，以神秘的传奇吸引着芸芸众生，使他们在崇敬中萌生对你的渴求。

你曾经独行于天地间，在孤寂中聆听着苍穹中正义与邪恶搏击的声音，以星座的姿态为地平线描绘耀眼的光环，成为人们前行的坐标。

谁在梦中看见你燃烧的诗篇？

谁于灵魂的深处轻划我的思念？

谁能告诉我，那些美丽的名字为何从我的视线中无声地滑落。

明知自己将被无情地焚烧，也要把最后的光芒留给钟爱自己的人们。

明知自己将粉身碎骨，也要把最后的光芒化作人们美好的回忆。

尽管你不曾想就此结束自己的一切，但无情的磨难摧残着你的肌体，无形的轨迹梦魇了你前行的罗盘，你在黑暗中辉煌于一刻。

遥望坠落的流星，我在天河的一侧，独自饮下伤感的泪水。

尽管红尘漫漫，艰辛困苦，我将用一生的漂泊和爱，去追寻你不灭的灵魂。

看山者

你看见了绿色的山。绿色的山也看见了你。

当你手牵羊肠小道，踏着层层落叶，游弋于林海深处。你那颗年轻的心早已被尽染的绿色同化，成为绿海中巨大的年轮。面对群山，挺起男子汉的胸膛，让生命的桅杆爬满绿色的常青藤，层林尽染处，叠映着你对绿色生命的痴情。

你粗糙的大手挥动朝霞，挥动夕阳，把目光伸向云端，去追寻梦中的太阳。

警惕的眼睛逡巡着绿色的生命，绿色的山变成了你的孩童，你慈爱的目光抚摸着生命的绿舟，静静地聆听着绿色拔节的声音。

没事儿的时候，你则远眺大山的那端，想象着城里的五彩生活和红男绿女的风流韵事。

沉甸甸的脚步凝聚着大山火辣辣的企盼，潺潺的溪水闪烁着你纯情的童真，将你夜巡的身影定格在那片诱人的林海，放大成大森林滴翠的封面。

也许有一天，你会倒下，但你不会变成石头，只会成为一缕绿色的风，去滋润你守卫过的家园。

哦，看山者，大森林绿色的诗行。

唱山歌的女孩儿

飘逸的秀发，在溪边、在山顶，浪漫又纯情。

没有现代音乐的伴奏，没有诱人的灯火，你的一腔真情，柔美的舞姿，醉倒了家乡的山水，年轻的心化为一泓春水。

歌声飘荡，渗透着浓郁的乡情。

夕阳下，你柔软的腰不会扭成诱惑的霓裳曲，你的嗓音也缺乏艺术家的素养，却早已使绿色的山，绿色的水为之倾倒。

你的歌声只唱给粗犷的山听，让温柔的水尽情欣赏，给自己心爱的人传递心声，害得野花气红了脸颊。

阵阵山风中，你挽夕阳为纱，携绿水为情，以田园山色为词，以痴迷的爱恋为曲。

迷醉了群山，迷醉了蓝天白云。深情回眸处，足以让痴迷的我动情。

呵！唱山歌的女孩儿，一尊渗透着纯情的塑像，渗透着阴柔的风骨，楚楚动人，令众人关心。

山村从此变得温暖，山民的梦幻从此丰满。

左手一片山风，右手一片痴情，心中装满纯贞的爱情和对生活美好的向往。

歌声过处，野花为之鼓掌。

蓝土地

一

以一片蓝天为背景，你神圣的光芒便构成了世界上最亮丽的土地。

在太阳雨的沐浴下，蓝色的泥浪喧哗着漫过山岗，漫过江河，漫向天边。但你仍在凝聚和拓展，筑成世上最大的家园。

蓝色的思维始终镌刻着深刻的哲理，镌刻着你博大精深的内涵，使每一个太阳的儿女都得到生命的启迪。

你以智慧的灵光追寻着一个古远的梦，把对生命无限的爱恋融成蓝色的血脉，陶冶出丰厚的积淀。海岛是你盛开的花朵，漫长的堤岸是你热情的唇。

你以母性的慈爱亲吻着每一个孩子，把一个个天国之梦悬挂于人们记忆的枝头。

你蓝色的精血孕育了最初的生命，孕育了智慧的花环和蔚蓝色的希望，孕育了不断的基因链条。

千年的流浪注定了你不悔的厮守，万年的厮守凝成那尊伟岸的雕塑。

二

放牧于你纵深之处，透过季节的风，聆听传自蓝土地的歌谣。我们心潮起伏，思如泉涌，开始了辛勤的劳作，种植五彩的梦想，拔节出海的高度和尘世间壮丽的风景。

泥土的芳香是一种诱惑，沿着你温柔的手臂走进去，便可感受到你深沉的呼吸，听到无数闪亮的格言。

多情的蓝土地以自己的痴情叩开混沌初开的记忆，以击打原土的音节，暗示出生命的每一个细胞的绽放，每一缕希望的诞生。

那是涌动不息的激情，以悠悠岁月的积淀，合成一种呐喊，一种阳刚之力的昭示。此时，所有的话语都是开拓者的宣言，所有的生命都闪亮出瑰丽的光环，在太阳风的簇拥下，化作桨声的呢喃细语。

时间之犁，犁开蓝色的泥浪，我们的双脚长满根须，尽情吸吮着你甜美的乳汁，让无数希望在你的怀抱发芽，拔节，疯长。

当第一轮红日跳出苍茫的地平线，你蓝色的精血染红了一片热土，正分娩出荡气回肠的情节。

三

万古沉寂，乾坤始奠。你以宽大的胸怀收集着无数生灵的思念，收集着太阳的祝愿，然后，以火热的激情凝成不朽的魂魄，铸成伟岸的身影。

令百川朝圣，山河膜拜。无风的日子，你倚天长思，静静地禅悟着生命的真谛，让无数渴望的目光盘旋在灵魂家园的上空，让民间的舞蹈弥漫成浓重的乡情；风暴来临之际，你则踏破一方宁静，以强壮的手臂支撑起蓝天，抗击邪恶，唱出不屈的泥土之魂。

步入那片诱人的泥土，我们在躬耕中感知着人生的伟大，在勤奋中轮回着千古之梦。任季节更迭、灵魂狂舞。

匍匐在蓝色的乐章中，我们的目光幻现出缥缈的海市。

四

认识蓝土地从那些彩色的帆开始，从百姓们缀满感恩泪花的目光中开始，从收获的沉甸甸的果实开始。

当先民们犁开这块最平整的土地，投下企盼的目光时，你便在人们的期待中成熟了。用超人的智慧养育出五彩的庄稼和不朽的精神食粮，向尘世无私地奉献出自己的特产。

在蓝色的田野上，人们挥镰收割着喜悦，到处是忙碌的船只，到处流动着醉人的风景。世界从此不再荒凉，人间开始有了歌声，有了幸福和爱情。

五彩的土地上，隆起一个民族的气节。

对视永不板结的蓝土地，我们的双眼缀满了泪花。

五

蓝土地最喜欢的是海鸟的欢唱，是那些无畏的探路者。

蓝土地上没有路，又遍地是路。那些提着太阳灯笼的探路者闪动着兴奋的黑眼睛、蓝眼睛，走入你的视野。你也曾激动得彻夜难眠，进行深刻的反思，但你更为他们的勇猛而感慨万千，为他们的百折不挠而骄傲。

你为人类的耕耘大声喝彩，让蓝色的垄沟长满祝福的诗行，在古老的思维中产生新鲜的意象，澎湃出时代的最高音节。

穿过燃烧的世纪之塔，蓝土地把那些躬耕的身形剪成永恒的帆，映进天空深处。

六

面对世纪的瞩望，面对沧桑的旅途。蓝土地忘记了灾难深重的历史，以自己的一腔赤诚，独守着自己最初的人生诺言，恩泽着芸芸众生。任凭风雨的侵袭，任凭岁月的磨难。

你圆睁着湛蓝的瞳孔，凝重地思考着自己的明天，以赤裸的灵魂，迎接着邪恶的挑战，以不朽的身姿，从容地进行生命之旅。

以太阳为背景，冶炼出自己的悠悠岁月，以蓝天白云为舞台，吟唱出壮丽的生命赞歌。

在世纪风的吹拂下，你闪亮的额头，始终飘扬着猎猎的旗语。始终飘扬着一首五彩的交响。

故乡的早晨

　　故乡的早晨，为浓郁的乡情所包围。黎明伸开亮丽的双臂，轻轻抚摸你湿润的脸庞。然后用饱含痴情的祝福，祈祷芸芸众生每一天的平安。

　　故乡的早晨被一种生长的意念笼罩，茁壮生长的炊烟把苏醒的村庄打扮得五彩斑斓，犹如一幅浓郁的水墨画。

　　村庄浮动在绿色的雾中，是一条永不沉没的巨轮，温柔的旗帜悬挂在每一个游子的心头。

　　每一滴露珠，都闪耀出生活的色彩；每一缕晨光，都放射出诱人的光芒；每一声鸟鸣，都啼出一个动人的情节，让真诚的人落泪。

　　村头的老榆树，依旧在讲述那些老掉牙的故事，在期待与企盼中，祈祷来日的幸福。

　　在故乡的早晨，可敬的乡亲们肩负着对生活的憧憬，从梦中走进通往理想的乡间土路，用一腔痴情去亲吻芳香的土地。

　　故乡的早晨，那些早读的少年，把昨夜的梦想抖落，变成欢快的小鸟。

　　走进故乡的早晨，阳光依旧古老，只有从故乡走出的游子，才把故乡的早晨深深植入自己的梦中，带着你走遍天涯。

拉洋片

那是一座最简单不过的戏台。一座用黄土地浓郁乡情砌成的戏台。

一串锣鼓，写满了乡下人焦渴的目光；一副嗓子，唱遍了人世间所有的戏文。

一双铁脚板，把古老的艺术送到千家万户，巷尾村头。

你把戏台担在肩上，把所有的唱腔唱段装在心底，响亮的歌喉把男女老少的好奇心统统拾起，装进戏台上的猫眼中。

随着你的手舞足蹈，古老的唱腔便在村头弥漫开来，令每一个戏迷兴奋，陶醉。

穆桂英出征的号角，窦尔敦盗御马的胆魄，曾激起无数男人欢呼称颂，秦香莲悲愤的诉说，白蛇女凄苦的别离，又使无数女子泪流满面。

就这样，你以人世间的真情为戏台，将华夏五千年的无数传奇写成戏文，画成漫画，刻进人们的心底。

你唱尽了人世间的苦辣酸甜，同时也将民间艺人的风雨人生写进黄土地的记忆，写进时代的字典。

中国民族乐器（五章）

鼓

鼓是农人崇拜的偶像，是乡村的心脏。

家乡的土地是一面鼓，鼓声是黄土地生长出的音符。

无雨的季节，咚咚的鼓声从天而降。越过屋脊，淹没岁月，将人们对苍天厚土的情感写在天地之间，写进记忆的深处。

悠悠的历史深处，农人们用沾满泥土的手，紧紧握住故乡的双臂，将乡村举过头顶，举过人们的心灵，在强劲的节奏中，深犁着广袤天穹。

鼓声是一种语言，是一种浓重的乡音。

我们把双唇涂满高粱酒，挥舞着火红的乡情，尽情地咀嚼着泥土的芳香，咀嚼着浓浓的乡情。

鼓声中，我们目光闪动，心灵和血脉火一样地燃烧、喷涌，把无数的汗滴闪亮成动听的歌谣。

鼓以太阳为红唇，尽情亲吻着乡村，把人间世事敲打成一种旋律，一种寄托。

所有的祭典都与鼓有关，所有的悲欢离合都浓缩在响亮的鼓声中。白色的鼓送走亡灵，祈祷着神灵保佑；红色的鼓迎来幸福吉祥，点燃人们无限的希望。

倾听鼓声，记忆中无数美好的情节便被唤醒，我们不禁想起火红的春联、迷人的大秧歌和难以忘怀的先人。

沿着鼓声逆流而上，我们仿佛看到，无数彩色的昨日正在集结，列队而来，仿佛春雷正在炸响，大地生长出嫩绿。

鼓声以最原始的音符正在村头狂泄，透过农人们痴情的面孔。

我们看到，浓重的乡情正在汇聚，化作故乡鲜亮的旗语。

唢 呐

掬一捧东方的太阳，吹奏出激扬的音符，吹奏出一片湛蓝的天空。

流畅的音乐线条划过乡村古老的黄土地，在黄土地上尽情弥漫，覆盖了多雪的故乡。

唢呐向天空敞开嗓子，九曲柔肠，委婉地诉说着人间悠久的历史和尘世间的一切。

泣过血，流过泪，写满了无数的喜悦和悲伤，将五千年的文明表达得淋漓尽致。

悠扬的旋律在乡情中展开，破碎，洒落在人们的心灵深处，悬挂在人们记忆的枝头。

唢呐，你站在人类的东方，面对滚滚红尘发出黄土地的阵阵呐喊，把农人躬耕的姿态，映进太阳的视线。把人世间的苦辣酸甜唱给村头的老榆树，唱给无语的故乡。

在不幸的日子里，你呼喊过，悲痛过。以滴血的嗓音奏出悲愤和忧伤，父辈们扑向黄土，仰天悲叹，掀起无限的悲伤。

兴奋的时刻，你引吭高歌，以火热的激情唱出伟岸与力度，吹醒少男少女的爱情。

走进多雪的故乡，在渗透浓郁乡情的尘世，我们徜徉在唢呐声中，让粗犷的色彩涂抹在心底，在绿色的召唤中，种下一株株幸福树，种下古老的爱情，让唢呐伴随着生根、发芽，成长为参天大树。

与唢呐对视，我们的生命化成东方的风景。

笛

一串闪亮的音符滑落在古老的竹管之中，便产生了优美的旋律。

在弥散的月光下，星星从月光中坠落，发出阵阵颤音，叮咚作响，古风在天地间奔走，游弋。

此时，梦的羽翼被清脆的笛音惊醒，碎裂成一江春水，令人心醉。

透过膨胀的音符，我们看到，回归的牧童正横跨在牛背上，吹奏着五彩的童年。明月中，轻歌曼舞的仙子正把倩影映进夜空，飘逸成仙曲。

将一腔激情按入倾吐的甬道，委婉的旋律便叩响音乐之门，无数颗心，便随之跃动，随之狂奔，音符盛开出璀璨的风景。

吹笛人亲吻着月亮，饱含痴情，把思念化作一缕袅娜的笛音，亦梦亦歌。

我的情绪也被感染，幻想出飘逸的霓裳舞。

笛音以露珠的形式四处迸裂，溅湿了尘封的历史。我坐在古风的小舟上，在你的流水中顺流而下，阅读着江南春色，阅读家乡的古韵。

凝视竹笛，一种思绪正伴随着音节潜滋暗长，我浮想联翩……

二　胡

你高昂的头颅，支撑起民乐的经典，将黄土地的情愫梳理成悠扬的曲调。

长弓如锯，命若琴弦，往事便从你的思绪中缓缓流出，汇成奔涌的音乐之河。

轻轻抚摸你的胸肋，静静感受一种古老脉搏的跳动，荡气回肠的语言漫过长江、黄河，在古典的乐谱中瑟瑟而过，诠释出幽深的主题。

二胡把人世间的悲欢离合分解成婉转的旋律，让月光聆听。

就这样，你以音乐的手臂，轻抚着漂泊的岁月，把沧桑的人生演奏成如歌的行板。

草原上的风，塞北的情被你娓娓道来，构成最纯粹的音乐。江南一隅的淙淙泉水，被明月映成一曲千古绝唱。

踏一路欢歌，开放古老的神韵，在历史的深处，我们用满月的长弓，把浓重的乡音写进天籁。

琵 琶

你优美的身姿，演奏江南水乡的风韵，构成了丰富的内心。

所有的柔情蜜意，都珍藏在明眸深处，久远的古风划过你的秀发，空气铮铮作响。

琵琶，你从飞天的壁画中走下，从白居易的长诗中走来，穿过遥远的时空，以特有的姿态，半遮少女的脸颊，倾诉出珍珠般的音符。

纤纤手指，拨响你感情的琴弦，清脆的琴音便在舞台上荡漾开来，如竹风拂拭，暗香浮动，亦幻亦真。

在神秘的宫廷乐曲声中，看一段敦煌的舞蹈吧！看成队的女神围着你的彩裙翩翩起舞，反弹琵琶的仙子将你的倩影化为一尊偶像，写进历史的童话。

听一曲《十面埋伏》吧！古老的兵书被一双纤手玉指演奏得淋漓尽致，渗透着无限杀机。

在你悦耳的话语中，历史的门扉正在悄然洞开，露出太平盛世的宫廷舞台，令世界哗然。

透过瑟瑟琴音，透过飘逸的歌舞，你靓丽的身影正走出古老的国度，化作东方的彩虹。

天地间的精灵（五章）

风

那是一种生命的掠痕，呼啸着挡不住的诱惑，所到之处，张扬着无形的翅膀。

你从遥远的天国而来，立足于天空，漫步于草尖，掠过古典的村庄和现代的都市，把诗歌和种子一同播进人们的心房。

树与草成了你的影子，成了你演讲的最好听众。

风张开巨大的翅膀，尽情地挥写着自己透明的欲望，把岁月的脚步重重踏在人们的心坎上。

春天，你携一路鲜花，吹醒绿色的记忆；夏日，你轻拂情侣的面颊，露出醉人的微笑；金秋，你吟唱出欢快的交响，迎来丰收的喜悦；隆冬，你冷峻的面孔，仿佛在沉重地思考。

温暖的风，和煦的风，写满了人间的真爱，古朴的风流泻出古色古香的情节，让尘世间多情的人们一次次陶醉，感慨万千。

在多风的季节，我在尘世深处迎风而立，感到身后的城市正涌动五彩的浪潮，把所有的思想化为一种时尚，化为理想的火炬。

那是一种强劲的跨世纪的风。

云

端坐于时空的高度，云以冷峻的目光打量着世上的万物，把梦幻般的思绪游动成丰富的表情。

一块云拉着一块云跑，一块云与一块云碰撞，迸裂出耀眼的火花，使天空显露出陡峭的高度。

聚散之间，显出一种缘分，或大喜大悲，或缠绵得如胶似漆。

云是天空的头颅，萦绕着不尽的思想与情感，将自己的一切心事都浓缩于无言之中。

云曾有一个美好的家园，但远离的时间太久了，便把欲望交给了鹰翅，渴望接近宇宙，成为生命的另一种象征。

黄昏，云端坐在祥光之中，追逐着时代的流行色，任夕阳镀亮自己的倩影，烘烤着自己发烫的脸颊，然后将不羁的情感融入遥远的向往。

行看流水坐看云，透过云丰富的表情，我仿佛感受到，在你沉重的身影背后，一场暴雨即将来临。

雨

经历漫长的思考之后，你终于用如注的语言诉说出内心的秘密。或窃窃私语，或大声喧哗，毫无顾忌。

雷电顿时兴奋起来，大声喧哗着。

那是一种清脆的声音，自天地的深处涌出，直落在心灵的根系，以一种特有的手势，将天与地缝合起来。

七个音符被洗得淋漓尽致，缠绵成一首情诗。

那是一组彩色的琴丝，包容了尘世间所有的情感，在天地间挥挥洒洒，在母亲的怀抱中尽情弹唱。押韵的脚步挑逗着每个农人的神经。

在苍天的注视下，春水汹涌，把古典的英雄温柔成东方的血肉之躯，亮丽成落红的风景。

一扇扇神秘的门被你无形的手悄然打开，淹没了岁月的饥渴，多情的种子经过你的浸泡之后，生命的细胞开始孕育、分娩，随着一声惊天动地的哭泣，茫茫红尘为之一振，生长出一丛丛智慧的风景。

雨膨胀了人们的欲念，把一个个青春之梦洗濯得晶莹剔透，挂在太阳下晾晒。

我走进七月的雨声，披水而行，在雨季的深处，我浸泡着自己的思想，渴望她长出嫩芽，梦想成真。

雪

以一种朝圣的姿态，禅坐于岁月的家园。

零乱的花瓣飘撒了一地，在风的伴奏下漫卷而起，在舞蹈中，提纯为一种深刻的思想。

在冬日，水在燃烧，最后升华为一种白色的躯体，率领着大地走向丰收的福祉。

此时，面对广袤而辽阔的白色海洋，面对起伏的波涛，倾听石头与生命精彩的对话，冬天的氛围庄严起来。

没人踩过的雪是圣洁的，没有消失的雪也是一种生命的昭示，昭示着你巨大的生命潜能。

静静抚摸皑皑苍苍的白雪，凝视你棱角分明的身躯，埋藏绿色的悲愤。我们面对悠悠岁月，诉说出此时的心境。

雪可以埋葬一切，却埋葬不掉太阳的光芒。

透过莽莽雪野，我看到，所有的灵魂都生动起来。

雾

也许由于你过于放纵自己的思绪，才将整个世界变得朦胧一片。如同混沌初开，即使是最聪明的人，也是非难辨。

尘世的一切都被你神秘的面纱笼罩了起来，变得恍惚迷离，永不透明。既充满了无穷的诱惑，又让人难以猜测。

你迷惑住红尘的双眼，迷惑住五彩的天空，让聪明绝顶的人也琢磨不透你的思想。

雾行走于宇宙之间，弥散于世界的各个角落，以特有的姿态释放着自己的能量，把人间的冷暖化作难解的疑团。

雾里看花，谁人能解其中的真谛？

一团烟雾遮住了日月星辰，遮住了尘世的真容。唯有高傲的阳光在一旁，嘲笑那些在雾海中胡乱奔走的人。

一切都变得毫无头绪，失去了真实的意义。就连那些灵性的鸟儿，也被你的表情迷住了双眼。

雾中的风景变得扑朔迷离，而声音却真真切切，充满了无尽的亲情。

穿透浓雾，生命顿时鲜艳起来。

母校

岁月如歌，人生如梦。

母校犹如一片古老的叶子，沧桑的古脉里刻满了岁月深深的祝愿，悬挂在我们记忆的深处。

陈旧的校园，写满了我们初识的语言符号，操场上回荡的琅琅读书声，浮动着我们一个个金色的梦。

谆谆的教诲升华了，化作神圣的旗帜，回荡在每一个学子灵魂深处。

母校，你的每一片叶子，都生出一个时代的遐想；每一寸净土，都盛开出艳丽的花朵；每一次上课铃声，都立起知识的塑像，镀亮学子的人生轨迹。母校，即便是浪迹天涯的旅人，也会把你的名字植入梦中，写在心头。

母校的角落里，始终珍藏着我们的欢笑和哭泣，教室里仍蕴含着我们的气息，黑板上仍矗立着我们的梦想和骄傲。那些笔尖在泛黄纸页流泻的歪歪扭扭的文字，记叙着母亲的沧桑。

回味母校，心帆无痕已不再张扬，安静中多了些苍凉与冷清，只能从远去隐约的铃声中去寻找你的踪迹，回味青砖黑瓦的面容。

母校的天空，知识开始涨潮，生命拔节铮铮作响，我们在痴情中饱食你的乳汁，然后，让透明的犁铧开垦出我们心中的处女地，生长出智慧的绿洲。

一颗颗稚嫩的心在母校的哺养下，渐渐成熟起来，长成参天大树。

母校，如果我们的人生是前行的坐标，你便是塑造坐标的无形标尺，如果我们是浩瀚海洋中远航的巨轮，你便是矫正我们人生航向永恒的罗盘。

在时光的天涯里，唯有母校，承载着我们学生时代的悲喜欢歌，或沉沦抑或坚持。

母校如歌，隽永深刻。

母校如诗，深沉内敛。

母校如画，永驻心间。

走进母校，我们读不尽你深远的寓意，读不尽你诱人的风采。

冬日的鸟巢

醉意喃喃的日子早已随着秋风逝去。

阳光疏懒，无意去翻晒秋的枝头那高悬的一巢寂寞与孤独。

那是燕雀用辛勤的劳动建造的家，每一根枝杈，每一根羽毛都有一段辛酸的往事。

山村依然沉浸在绿色的思绪里，依然面对金黄色的幻想，回味着那些浪漫的趣事儿，回味着燕雀嬉戏的身影。

只有临水而筑的老屋兀自诉说着自己许许多多的童年往事，它们离开了燕雀的陪伴愈发显得苍老了许多。

老屋无语，凉意渐增的山风轻轻拂去廊檐上的蛛网，仿佛怕惊扰了老屋苦苦斯守的一个空茫的残梦。

随着冬日的到来，那些长大的候鸟飞走了，飞向温暖的南方。

只有在冬天顽强矗立的老树明白鸟巢此时的心境，老树上的鸟巢成了痛苦的风景，悬挂在树杈中，被凛冽的寒风吹来荡去，摇摇欲坠。

但鸟巢没有后悔，他们在等待着，期待着来年再次成为鸟儿的巢穴，成为鸟儿憩息的乐园。

关于禅的一种意象

静静地禅坐于红尘之中，默念着心中那些枯燥的经文，将尘世间的冷暖与不幸化作无奈与执着，化作一种沉默的姿态。

左手一弯清月，右手一轮红日，将天地的玄机珍藏于坦荡的胸怀。

独自沐浴着天地的灵气，独自修炼着自己的品德。

以一种特有的姿态，揭示着生与死的真谛。

红尘深处，你在以一种独特的语言诉说着内心的孤独。

众多的虔诚的香客慕名而来，为你也为他们祈祷着，渴望你将他们度过无边的苦海。

缭绕的青烟熏醉了你紧皱的额头，也感悟出尘世的无奈与多情。

沉默无语是你的一种表情，合十的双手，装载着你内心博大精深的哲理，装载着你沧桑的人生追求。

你无暇顾及过去，更不曾考虑未来。

静静凝视你禅坐的姿势，阅读你的表情，孤独的我仿佛滑入一种虚无缥缈的过程，很多的往事也随着缭绕的青烟化作乌有。

对视着你禅坐的身影，我总会在夜色中放纵自己的思想，在计算机的键盘前浮现出禅坐的自我。

你说菩提明镜，皆为虚妄。

人生如梦，梦如人生。生死轮回间，若能超脱凡尘，便是放下执着了。

我想，一切随缘，便是你的意象吧！

但那时的我，早已被红尘陶醉。

早已忘却了心中的禅。

农民诗人

一双脚板，踏遍了家乡的青山绿水；

一寸羊毫，写尽了乡村的风土人情。

浓郁的乡情，孕育出你古朴的诗魂，点燃了灵感的火花。家乡的山山水水都在与你纯朴的笔激烈碰撞，产生鲜明的意象。

灵动的诗情自你的笔尖滴落，凝成乡村翠绿的语言和庄稼人的火热的情感。

一片热土，养育出你一颗诗化的心；

一泓碧水，积淀出你诗作丰厚的积淀。

白昼，你紧握雪白的镰刀，收获着五彩的太阳；夜晚，你展开诗歌的翅膀，以笔为犁，在词语的土地上耕耘着，写下散发着泥土芳香的诗行。

你的诗作发表在黄土地上，流传在庄稼人唇齿间，久而久之，你便成为家乡的土秀才，乡里人的骄傲。

你说红高粱是热情的姑娘，令人回味绵长；

你说黑土地是坚强的壮汉，守卫着乡村的淳朴厚重；

你说人生是一场播种，播下希望，收获成功。

哦！农民诗人，你以山为情以水为景，把你人生的追求写进绿色的田野，写进遥远的天穹，叠映出独特的风景。

你写家乡的山水，写对黄土地的憧憬，同时也把你不羁的心灵写进绿色的诗集，交给古远的风传唱。

当你的一篇篇力作在城市发表，在山乡深处，你诗人的梦想正在拔节。

叩响生命的绿洲

用火热的目光，去叩响生命的绿洲，青春的血浆便喷薄而出，在沙漠中流淌出岁月的沟壑，过滤出如画的风景。

未曾许诺什么，无声的音乐已在脚下膨胀起来，欲念的目光焚去上面的杂草，生长出一片片绿叶。

水草茂盛，羊群蠕动。

吉祥的鸟儿飞来飞去。

浓郁的痴情溢着生命的渴望，神奇的梦幻结队而行，为大漠深处送去点点寄托。此时你年轻的心早已感受到沙砾中那炽热的颤动，感受到绿色生命清脆的拔节。

你安下营寨，举起虔诚的意念，成为主宰自己命运的君主，成为接受炼狱之苦的挑战者。

没有暖暖的诗意，没有流行的风采，甚至没有一丝绿意。有的是胸中涌动的热血和不败的追求。

信念的桅杆驶进浑黄的沙漠，虽然经历了困惑和彷徨，却没有搁浅，火热的感情不会板结，人生不会为世俗所风化。

这里水声清脆，那是生命的液态，是青春的亢奋之潮，是一种智慧升华的结晶。

叩响生命的绿洲，寻求的并非是一首千古绝唱，而是闪烁着阳刚之气的雄浑史诗。

希望并不苍白，梦幻没有枯萎。

生命绿洲上回荡的是你震天动地的足音。

大山的思绪

我走进大山深处，朦胧中的山兴奋得睁大了瞳孔。而风仍无动于衷地演奏着不知名的曲子。

苍穹下的乡村像淡淡的山水画，缭绕千年的炊烟依旧飘拂在乡村的额头，沉默了的青山仍旧阅读着乡村的黄昏，雁群在天际间书写着诗行。

而跪在村头百龄老树下的人们，还在为自己的未来和远在城市的家人的平安而祈祷。

一册发黄的《相面大全》摊在阳光下，几缕青烟把人们的思绪带离绿色的断层，游向冥冥太空。

我似乎对谁许诺过，将去造访那棵百龄老树，以求取一粒仙丹。当我走过古城堡，残破的长城吸引了我，我不知怎样描述它此时的心境，城墙坍塌了，还能御寒吗？

夜晚的山乡灯火通明，并有霓虹闪现。山乡的KTV依然有红男绿女在轻歌曼舞。山乡街道上依然有衣衫褴褛的老者在谈笑风生，淳朴的民风正在被城市同化，正在成为城市人们的消遣之地。阵痛的山萌发出阵阵悸动，似乎揭竿而起。

我举着鲜血点燃的火把，沿着那条蛇一样扭动的路，走上山顶，在俯瞰灯火通明的山乡，俯瞰着山乡的巨变。

夜的垛口处，一位穿牛仔服的画家正趁着浓浓的酒兴，在与手中的笔低语。

陡然，画家将笔也抛向天空。

朦胧的画布深处，大山抖搂掉浑身的尘垢，蹦出一个火辣辣的太阳。

黄昏写意

山乡的黄昏降临了，粗犷的山与夕阳叠映出喜庆的神韵。风陶醉在野色中疯狂地舞蹈着，感情十分投入。

俨然是一帧浓重的水彩画。

我却在大山深处孤独而失态，撇开炊烟和牧童，跑到山顶上去看那独放的野菊花，任火红的夕阳烘烤多愁善感的雨滴，然后，掬起一缕山风，去洗涤昨夜那个破碎的梦。

我为何要在山头上宣泄心碎的情感呢？失去的就让它失去吧！

面对山乡那个熟透的黄昏，让橘红色的流盼点燃久酿的灵感，噼噼啪啪地燃烧自己吧！那么豪放而痛快淋漓。

山色算什么，表白的只是没有情感的画布。

我走进那间斗室，没有发现那封粉红色叠成三角形的情书。

我又走进黄昏，继续采撷那段被山风吹断的诗句。

山乡的黄昏消失了，大山漆黑的封面上，又响起一个脚步的画外音。

没有男人支撑的家
——致刑警的妻子

当丈夫远航的时候，你心甘情愿地与那张雄性的帆生长在一起，共同去品尝爱与离别的苦涩。

就这样，多少个神奇的悬念，在你扬起手帕的刹那，点化成小说家寻觅的素材；就这样，多少企盼，在你放飞的叮嘱中，叠映出橘色黎明的诞生；就这样，多少艰难的日夜，你用孤独的疲倦和等待，勾画出一幅印象派的不朽杰作。

来不及观赏街上的流行色，来不及与那含蓄的目光多几次碰撞，你便一次又一次将他送出温暖的家。

你曾想，他从宁静的港湾游来，像世界上所有的男人一样，把你高高举起，然后勃发一个粉红色的愉悦，再次品尝初婚的快感。但当他拖着疲倦走进这家旅店，你才发觉出自己过分的天真。

丈夫一次次被旋转的警灯从你身边夺走，你一次次把祈祷放在期待中煎熬。你畸形地成熟了，学会为儿子讲述永远也讲不完的侦探小说，学会用辛勤和汗水去熨平老人的叹息和牢骚，学会支撑那个没有男人的家。

当岁月的沟壑野蛮地赶走了昔日的妩媚，你才真正体味到刑警妻子的深刻内含，体味到丈夫原来并不属于自己。

你贫穷，贫穷得如同乞丐。你富有，富有得胜过百万富翁。

你拥有一个追求崇高的男人，拥有一种被腥风剪不断、被孤独拖不垮的精神支柱。

谁让你是刑警的妻子。

守望秋菊

守望秋菊，总会在万物凋零的时候体会一种温暖，总会感受到生命的可贵和多情。

秋日的阳光下与菊对视，我们的内心深处总会有许多跳动的旋律，总会伴随着生命的颜色狂舞，让绿色积淀出鲜艳的内涵。

丝丝秀发飘逸着许多的往事，舞蹈着我的双眼；片片花瓣溅湿我的柔情，滴落我无言的战栗。

寒霜无声，覆盖一种沧桑。

落花无声，撒落一地凄凉。

面对冷酷，人们的思想蜷缩成一只蛹，深埋在湿润的地表深处，甚至连呼吸都受到限制，而你却面对严寒开怀大笑。

正因你内心有强大的精神支柱，你才以一种抗争的勇气傲视寒霜，才以不屈的身姿怒视世俗的一切。

难道不是一种启迪吗？

凝视秋菊，看一片姹紫嫣红的喜悦，我们的心情温暖如春。

置身于一种圣洁的氛围，总让我想起与菊相拥的日子，看你高贵的衣衫与靓丽的倩影。

与菊同舞，让菊的思想越过尘世的藩篱，镀亮人们的眸光，撰写出不朽的乐章。

以一种姿态与菊亲吻，交谈，使我忘记身后是挂着冰雪的冬季。

一花独秀，屹立于尘事之巅，屹立于我的目光之域。

灼灼而燃，妩媚动人。

认识八月

夏天汹涌的热浪，抢劫了所有的欲望，让气温陡然上升。

蝉鸣用极强的穿透力，洞彻季节浓绿的主题，火一样烘烤着小城的天气。

我行走在炎热的夏季里，情不自禁地想到了暖意融融的春天和秋高气爽的季节，怀念初雪的冬日，渴望夏季以外的所有季节，以解救自己的困惑。

望着巨大的太阳以及毒辣的日光，令人窒息的热浪烘烤着我，我愈发感觉昏昏沉沉。

街道上的男人在树荫下赤裸着后背，还在烘烤着羊肉、牛肉。女人则躲进空调的商厦，精挑细选着满意的商品。唯有不甘寂寞的红男绿女在图书馆里浏览着书籍，或在酒吧里谈笑风生。

夏天的工地上仍旧机声隆隆，工人们冒着中暑的危险，在抢着工程的进度。

疫情中的夏天的周日始终被热浪包裹着，傍晚的气温仍在飙升。人们在期待中渴望一场暴雨的洗礼，渴望见到雨后的彩虹。

池塘旁硕大的荷叶托着晶莹的水滴，将你飘逸的倩影摇曳成旋转的五彩裙，在热风中舞动，楚楚动人。乘着太阳雨的我驻足碧浪的峰顶，极目四方。然后匆匆解开那条翡翠色的小舟，以优美的姿态游进阳光的深水区，去感受你日趋丰满的线条，寻觅逝去的那个温柔的梦。

八月，你绿色的外衣，美丽得像一段动人的音乐。你火热的情怀，撩拨着每一个多情的诗人。带电的云常在午后亲吻你的秀发，进而大声宣泄着，表露出疯狂的爱恋，为我焦渴的思绪降下片片雨丝。

认识八月，如同品味一首纯情的抒情诗。晶亮的词句袒露着青春的激情。

走进绿色掩映的小径，便可提纯出渗透着深深恋情的大写意。

此时，无须再做过多的表白，多情的我早已陶醉了。

冬夜，大雪封门

遥远的冬季，一夜的大雪封住了哨所的大门。

透过雪的断层，我看到冷风正穿过厚厚的墙壁，扑面而来。有风的伴奏，便盛开出冷酷的风景。我紧搓着手臂，望着无端的大雪，在企盼着家乡平安。

深山的大雪纷纷扬扬，漫过远处的山和近处的河，所过之处，皆成洁白的塑像。即使是风与雪交加，也有你诱人的微语。

大雪压断高压线，山乡一片漆黑。

面对弥漫的风静坐，听着你粗壮的气息，翻过层层山峦，射穿我的思念。

雪线上移动的是一只颤抖的红蝴蝶。

梦者是流云，信念是叶帆，静静地挂于你的嘴角，在风雪中时隐时现，坠落成记忆中的太阳。情书搁浅在雪地中，语言被冻僵了，而气息和光芒依然遥遥相对。

每一页，都沾满了你梦中的泪，轻拂着我孤寂的哨所。

梦中，透过雪线，我看到，冬日的风依然轻叩着你美丽的唇。

忘年之交

我以纯真的童心与精神矍铄的你在梦中相见，真情便洞穿了时空，生出最生动的故事。

稚嫩的我在你矍铄目光的注视下，顷刻成熟起来，可以从容地去面对社会。在你的注视下，我变得信心百倍起来。

你枯老的心境在我的童谣声中渐渐复活，发芽抽穗，郁郁葱葱，焕发出第二次青春。

忘年之交，忘却了岁月的沟壑，忘却了人生的蹉跎，常青树下，大树与幼苗竞秀。

两双岁月各异的手握在一起，贴在感情的胸口上，人生顿时亲切起来，我们在灵魂深处，与命运交谈。

青春不再莽撞，苍老不再孤独。

两颗不同的心在搀扶中共鸣成一种感情的寄托，一种精神支柱。

两颗共同的心把明天燃烧成青春的诗集。

你作封面。

我作封底。

大旱

　　大雨涨起的季节，乌云躲得无影无踪，龟裂的黄土地上，写满了庄稼人焦渴的目光。

　　所有的生命都在热浪中呻吟，挣扎，昆虫还在没完没了地叫个不停。

　　无形的干渴从失血的记忆中挤出，感知着大旱的滋味。

　　天依然蓝得出奇，烘烤着人们绿色的记忆。

　　大旱时节，走过寂寞的垄头，走过农人们如火的目光，任无言的泪水打湿昨夜混沌的梦。

　　佝偻的父亲，跪在倒塌的庙宇前，将悲愤与希冀融于缕缕青烟中，祈求虚幻的龙王大发慈悲，普度众生。

　　干裂的土地上，龙的子孙顶礼膜拜，祈祷龙王的莅临。

　　此时，大旱的深处，城市的自来水却泛滥成灾，宾馆泳池大堂的男女仍在戏水，调情，污浊的废水仍在源源不断地流向农田。

　　大地仍在焦渴中等待，绿色仍在呻吟中企盼。

　　农人们正在仰望无雨的天空祈祷。

　　大雨在远方正向我们发出嘲笑。

雨季里的情诗

这时节，飘逸的雨丝犹如一缕彩色的云，弥散于你的秀发，流动出芳香的光泽。

虽然你不是多愁善感的女诗人，没有令人惆怅伤感的泪水。但仍禁不住想起关于你的故事，然后沿着那条细雨铺成的林荫路，独自流浪于你的门前，去寻找你失落的影子，读雨中的潇洒和柔情。

不曾感到泥泞，想念的依然是你诱人的朱唇，以及轻声吟出的滚烫诗句。

在这种氛围中走进雨季，让春的欲望穿过跳动的胸膛，将深深的爱恋浸泡在雨水中，然后看着它生根、发芽，生长出丰富的内涵，感知一个无形生命的孕育、生长。

一些枯燥的名字被淅淅沥沥地淋得湿润无比，宣泄出多愁的情丝，任无形的泪水越过你的长睫毛，滴落于我的唇。

请道一声：你没有哭泣。我伸出双臂，表现出少有的冲动，眼里却涌出泪花。

渐渐地，你的倩影在雨雾中生动起来，摇曳成一幅诱人的风景，红红的风衣是画中飘动的旗。

走进雨季，将全身浸泡在惬意中，你明亮的目光射穿我的心底，直逼灵魂深处。

嫩嫩的爱情顿时步入成熟季节，拔节出一首闪亮的情诗。

细雨过后，彩虹将会诞生。

本命年

那是一种岁月简单的轮回，悬挂在一个民族苍老的额头上。久而久之，便成了人们心头的荣耀。

本命年，是一场生命的轮回。

每一次轮回，都包含着生命的思考；每一次轮回，都使生命充满新的内涵，包含了对生命新的体验和对人生最新的注释。

本命年里，我们面对生命的历史，面对滚滚红尘，面对五彩的世界，倾诉自己的衷肠。

在满天的星座前，我们面对苍穹，忏悔昨日不慎的失误，许下对明天美好的祝愿。

在红尘中，我无法逾越痛苦的栅栏。在苦难的记忆中，我遍体长满了思念的等待。

五彩的世界中，尽管我们遍体鳞伤，尽管我们饱含柔情。面对人生艰难的思考，我们仍在艰难中探索，穿过世俗林立的目光，穿过阵痛的岁月，将思索的身影悬挂在茫茫夜空。

是谁，在本命年里，为独行的我们送去美好的祝福？

是谁，在本命年初，为我们送上诱人的红腰带？

当我们的身影从容地穿过历史的高度，积攒下人生的阅历，岁月便会用沧桑的面容为我们的本命年送来吉祥物。

无论空间如何改变，你永远走不出我的视线。

无论时空如何转变，你永远逃不出我的思念。

哦，本命年，只是人生长河中一个短暂的里程碑。

岁月的吟唱（十二章）

元 月

以钟声为界，昨天顷刻成为历史。

时光顷刻回到了洁白如初的季节。

一切都那么纯真圣洁，笼罩着神秘的氛围。

生命以最初的色彩装点着大自然，将种种悬念写进人们对黄土地的崇拜中，写进对美好生活的向往。

只有纷飞的明信片还依稀有着昨日的余温，在缠绵中诉说着去岁的往事。

元月的风景藏在朦胧的面纱里，渗透着不屈的张力。

久蓄的激情开始萌动。

此时，尽管雪后的道路依然洁白宁静，尽管冬的影子仍在不断纠缠新的生命。但雪野中扭曲的脚印和冰层下涌动的春水却分明表达了你此时的心境。

元月，失血的太阳已开始充血，重现往日的活力。

绿的影子正在人们的瞳仁深处，在皑皑白雪中聚焦。成为人们追逐的焦点。

沐浴在圣洁的元月，我们心潮起伏，正用智能之手，设计出生命彩色的封面。

那一刻，我们的身影成了光辉的形象。成为尘世人们关注的明星，贴在了红男绿女发烫的嘴唇上。

二 月

一片温情，点燃了春的火炬。

一阵锣鼓，爆裂了枝头的嫩芽。

浓郁的乡情越过农人的屋脊，在天空中弥漫，诞生出朦胧的意象。

一切都在复苏。天国轮回的梦矗立在人们的眼前，叠映出温暖的图像，令翻卷的云兴奋不已。

雷声开始在庄稼人的心田炸响。大地开始局促不安。

这时，信手挽几缕阳光，步入广袤的田野，聆听积雪隆隆倒塌的声音。

让每一束目光都切入远山的记忆，让乡村袅袅的炊烟升华出我们的希望；让每一句祝福都化作新春的贺词，拔节出我们人生的冲动。

我们的心境惬意极了。

尽管我们还读不懂那些绿色的文字，但透过黄色的泥土，我们的痴情正在等待中生长，延伸。

三　月

这是一个极易产生爱情的日子，人们叫它三月。

三月的柳丝是春的秀发，三月的阳光写满了爱的絮语，在天地间尽情挥洒。

此时，古典的爱情在春风的熏陶下，伴随着绿色的旋律脱颖而出，以优美的舞姿叩击着人们的心弦，谱写出许多动人的乐章。

在三月的阳光里，我们采撷一段浪漫，走进渴望的等待中。年轻的嘴角缀满闪亮的音符，把青春荡漾成一组爱的交响，让火热的情感搏动出人世间最动听的音节。

是诗，吟唱在三月琴弦上；

是画，写在朦胧的婚纱里。

从三月走出的新娘，红色的裙裾被风高高卷起，袒露出生命的曲线。

三月走来的日子，我们来不及品尝春水的甘甜，便坠入碧绿的深潭之中。

让岁月猝不及防。

四　月

苍天在这个时节极易落泪。

为了那些熟悉的笑脸和声音，我们把先人的亡灵和盘托出，叠映在记忆的天幕上。

四月，伫立于春天的辽阔里，谁不怀念那把闪闪发光的锄头，谁不回味那掷地有声的人生哲理源于先人们一生的追求。

面对青草掩映的墓碑，先人那支沧桑的笔依然在梦中滴血，依然镌刻着渗透着血和泪的历史章节，而墓碑上却空无一字。

走进四月，先人从我们的眼泪中走出。所有的眼睛都浸满清明之雨，所有的人都在以一种姿态祈祷，昭示出人间亲情的存在。

袅袅的香烟，寄托着人们的缕缕情丝。

翻卷的纸蝶，写满了对先人不尽的哀思。

坐在日月的清明雨里，我们凝视每一寸热土，每一片绿叶，感慨万千。

面对四月，我们双手合十，虔诚如佛。

感怀着先人的亡灵。

五　月

放飞五月的风筝。我们的眼里，写满了花的诱惑。

风扇动着透明的翅膀。流泻出阵阵花雨的芳香，引得我心旌摇动，诞生出阵阵焦渴。

叶子被感动得战栗不止。

我们迎着被熏醉的阳光，迎着纷纷坠地的花雨，任多情的目光劈裂身旁的一切，生长出青青水草，生长出梦中的相思果。

彩蝶飞舞，花魂浮动。

我们赤裸着灵魂，沐浴在香风中，任心中的春潮不断涌动，欲火焚身。

一个多情的花蕾在反复敲击我的心门，声音震耳欲聋。

不要被诱人的谎言迷惑，鲜花的背后密布着无情的杀机。

我灵魂的疤痕在五月开成痛苦的风景。

这时节，尽管美艳的花朵仍在卖弄风情，尽管醉人的香气仍在浸染我的耳目，尽管……

走过五月，我们的人生美丽成永恒的花朵。

六　月

目光如注，思念如潮。

无期的大水冲破了我感情的长堤，在心田泛滥成灾。

我记忆的伤口浸泡在大雨中，隐隐作痛。

一切都笼罩在不幸之中，真诚被谎言掩盖，你的倩影近在咫尺，又远在天涯。

我站在泥泞中，望断远山，望断雨幕，渴望绿的影子在瞳孔中聚焦，生长出爱的内涵，而远方的你却无法读懂我梦中的思念。

雨夜深处，我痴情依旧。

任岁月的火焰在我脑海深处燃烧，在纷飞的日历中狂泻。

透过雨季，我在感情的河床上，用纯贞种植出爱的风景，在阳光下晾晒阅读。

七　月

早就想接受一场风暴的洗礼。

云正浓，雨正急，闪电如昼。

一条条皮鞭抽打在我的肉体上，毫无痛感。

一道道闪电反复拷问我的灵魂，追问着生命的密码。

在风雨交加的夜晚，风雨摧毁了我的寝室，那个曾经温馨的家。

但我却不肯在沉沦中堕落。我和梦中的情人——缪斯，踏着泥泞，一路远行。

天堂中，我用满腔痴情，搭成帐篷，我和情人相拥憩息。

情人的眼中注满昨日的泪水，她已无法阅读我横溢的才华，只得任如火的目光烘烤那些零乱的文字。

风雨中，帐篷又斜倾了。

但我不忍离去。只得随着梦中的情人，走向深渊。

雨夜深处，高楼里依旧歌舞升平。

面对灯红酒绿，我们浮想联翩。

八　月

这是一个流火的季节。

在你火辣辣的目光注视下，我柔弱的身躯顿时充盈起来。进而，迸发出火热的激情。

生命的沸点已达黄金牧场，我们在昨日的钟声中，将自己的高度成长为新世纪的偶像。

这时节，闪亮的歌声自耳畔响过，划过记忆的长堤，撞向生活的深处，与炽烈的阳光产生共鸣。

让所有的青春都发出阳刚的呐喊，让人生所有的色彩都在你如注的目光下表现得淋漓尽致，勇敢地去接受雷电的考验。

这是男人的性格。

在八月的阳光下，尽情地接受炼狱之苦，才能品尝到果实的甘美；在

131

如火的季节搏击人生，才能奏响生命的最强音。

烈日下，我们的肌肤被镀得黝黑，热血被煮得沸腾。

阴霾的日子固然很多，但乌云荡去，依然是火辣辣的天空。

九　月

尤其钟爱九月。

你从苍茫的地平线上抱起五色的太阳，轰然放进金色的浪波，寂静的乡村便溅起万道霞光。

九月，你穿着金黄色的霓衫，闪亮登场，接受人们的检阅。

九月的天空，明眸皓齿，妩媚动人。

九月的土地流光溢彩，飘逸着芳香。

此时，所有的车轮都驶向深秋的方向，所有的丰收都写在人们兴奋的脸上。

庄稼在节节败退，大地在人们的视线中延伸。

只有到夜静时分，醉红了双眼的农人才哼着小曲，用倾倒的酒杯敲打着迷人的大秧歌。

阅读九月，我和情人走进浪漫的情节。彼此的面庞被多情的秀发撩拨着。任所有的激情被八月的阳刚融化，派生出不羁的遐想。

十　月

月季和野菊共同纺织出欢庆的美景，迎接着远方的美人。

透过深秋的大幕和瑟瑟的金风，我和梦中的情人走过旷野，走进五彩的土地，尽情品尝着果实的甘美，浓郁的乡情为之伴奏。

在火一样的情中，风一样飘的歌里，十月通体透明，饱含柔情，充满了无穷的诱惑。

把我们的名字印在岁月的相册上吧，我作封面，你作封底。这是我们生命中最亮丽的风景。在感情的调色板上，再也找不到这样清晰的光环。

走进十月，我仿佛看到，所有的灵魂都在梦的歌中狂歌劲舞，所有的记忆都格外清晰起来，化作我们新婚的请柬。

尽情地拥抱在十月的鲜花丛中，我与情人醉得不省人事。

十一月

绿色和风霜进行最后的搏击之后，落下了大片的血浆。

凛冽的寒风讲述着一个悲壮的主题。

多情的大雁投下最后一瞥后，飞走了。飞向自己梦中的伊甸园。

北方的大地上只留下我的影子在与寂寞的原野交谈。而心绪则在往事中沉醉。

注定要进行一场厮杀，经历血与火的考验，傲雪的野菊在与季风进行最后的较量。

十一月的天空，被一种神秘的氛围笼罩。透明的高脚酒杯斟满了寂寞。只有我企盼的心房依旧碧绿如春。

走进青筋暴凸的原野，我伫立于月夜深处，接受炼狱的考验。

十二月

孤独的我守望着飘雪的季节，渴望自己的灵魂羽化成飘逸的彩蝶。

我们又出发了，走过密布的白色火苗，穿过饥渴纵横的荒原，任寒冷的利刃反复切割我们的肉体。

我的灵魂渗出殷红的血，绽放为朵朵蜡梅。

在雪中旅行，我们没有丝毫的悲伤，茫茫白雪淹没不掉我心中的绿色坐标。

追逐绿色是我生命永恒的标志。

为了点燃绿色的火炬，我情愿卧雪而终，将自己的一切融进这种神圣的土地，以自己的真诚去换取春天的掌声。

季节的拐弯处，绿色在向我们眨眼。

没有季节的河流

没有季节的河流，穿过那条绿色的隧道，穿过古朴的风情和蓝色的太阳雨，涟漪在大山的皱褶间，流向遥远的地平线，企盼、沧桑全隐在不言中。

孤独时，将绿叶叠成智慧的帆，把不泯的心放飞成壮丽的风景；激动时，拥抱高山，轻挽白云，喊一声"这里的风光如画"。然后，让温柔的风录下你豁达的胸怀。

曾凝视沙漠中干枯的断流，为逝去的胡杨林和豪放的船工号子寄一缕哀思，然后，冷静地反省自己的言行。

曾怒视风与雪的桎梏，默默地承受寒冷的黑夜，忍受凛冽寒风的宰割，却将不屈和希冀潜藏于对黑土地的深深爱恋之中。

隆冬使你更加健美，温柔中蕴含阳刚，悲壮中融入几多传奇。

汇入多彩的季节，汇入被时空挤碎的远方。

岁月之刀，刻出你搏击的塑像。

穿越隆冬，是为了接受绿色的洗礼，为了聆听朗朗的金风。让永恒的青春伴激流而歌，去冲击梦中的堤岸。

原始的野性融入几分温情，一颗流浪的心日臻成熟。

当多情的黄土地把你送入那片壮阔的流行色，你心灵的舟楫早已将那叶绿色的帆升上天空。

长风万里，伴你一路远行……

东方神曲

把顽石雕刻成生命的线条，古典的艺术开始在霓虹中燃烧，在世人艳羡的目光中，表达得淋漓尽致。

这盛开的花朵中，你以独特的身姿，流溢出温馨与芳香。

现代的构思与古典的艺术在这里交会，共同结晶出诱人的风景。

青春与激情经过碰撞之后，终于凝固成一尊不朽的塑像，在《圣经》中熠熠闪光。

美与丑在这里已经没有了故事，只有一颗虔诚的心，在神曲的沐浴下，在黄土地上化作质化的声音，膨胀成不可抗拒的涛声。

在东方的背景下，将你沉思的姿态含蓄成一首诗，所有的灵感便会入土生根，澎湃出无穷的意境。

你端坐在异乡的土地，以特有的身姿昭示着一种精神的存在，昭示着心中追求。

注定要被鄙夷的目光斜视，注定要启迪一些冥顽不化的思维。

用真诚去支撑心灵的大殿，人生便会诞生出响亮的哲理。用热情去温暖人间的一寸时空，生活便会变得馥郁芬芳。

让我们踏着异国的台阶，穿过灯火通明的走廊，穿过林立两侧的女神，悟空世俗，去追寻一个久远的梦。

我们步入神圣的殿堂，走过长长的红地毯，共同去聆听高贵女神的琴声。

中年的沉思

成熟与失落几乎同时到来，我们的身影已经谱成了曲子，正被牙牙学语的孩子吟唱，尽管他们还不知道其中的内涵。

中年的我们失去了无忧无虑的童年，失去了浪漫多彩的二十岁。在孩子面前，我们虽是大人，但梦中，我们仍旧对着父母在撒娇。

中年的人生，在经历了青春的坎坷后，我们不再疯狂地追求欲望，开始冷静地面对现实。把爱与恨埋藏在心底，让浅细的皱纹去诉说此时的心境，然后点燃一支烟，去考虑明天该做的事情。

中年人的思维不再单纯透明，在目睹了沧桑和流血之后，我们学乖了，学会了忍耐，不再怨天尤人，不再感叹人生的磨难。因为我们已无退路，必须直视人生，扯起生活的风帆。

中年的我们热血正浓，肩膀正有力。中年的我们目光正睿智，追求正执着。

生活的大门已经洞开，人生的顶峰已经到来。

我们没有自卑自叹，懂得如何去冲击人生的堤岸，用自己的肩膀去迎接命运的挑战。

中年的人生，是难忘的生命过客。

小城走笔

黄土地经过精心的思考，便结出沉甸甸的果实，袒露出成熟的丰韵。

小城的天空在变小，变矮。被切割成规矩的方块，切割出流行的花簇，切割出五彩的高楼和喜悦的霓虹灯。

黄土地仿佛进入了梦中，一切都朦胧起来，显示出阵阵的不安。

街头开始拥挤起来，我心跳加快。

披肩发和化妆品，芳香四溢，被红男绿女的嘴唇磨得响亮，荡起阵阵躁动，就连古老的庙宇也心往神移，变得格外多情，在互联网上诉说着昔日的辉煌。

在没风的晚上，穿过喧噪的车流，走进不夜的广场，走进斑斓的歌舞厅。品一杯苦咖啡，欣赏一通扭动的腰肢和疯狂的歌舞，你古老的心开始神不守舍起来，叩响欲念的堤岸。

假山下的男女在众目睽睽之下竟搂抱在一起，令虚幻的佛急红了眼。

这个时刻，不去回味躬耕的汗滴，不去追忆昨日的田园牧歌，僵老的灵魂早已变态，蜕变成一种繁忙的脚步。

步入小城，我竟成了外星人。

第三辑

屧痕处处

家园的山色

遥对家园的青山绿水，总让人想起故乡那些旖旎的风景，想起浓郁的乡情和孩童时代爽朗的笑声。

蓝蓝的太阳雨纷纷扬扬落入村后的山坡，掷地有声。

这时节，野花的幽香叩痛了黄土地的思绪，让多情的黄土地产生种种奇妙的联想，开始构思如何进一步打扮自己赖以生存的乡村，让家乡的枝头永远高悬着智慧的航标，引导着人民走向明日的辉煌。

乡村的炊烟开始飘过农人古老村舍的屋脊，飘过村中央的那棵老榆树，让家乡讲述自己的心境，山脚下有生命在拔节，声音噼啪作响。

经历过太阳雨洗礼的家园的色泽异常醒目，如同刚刚沐浴过的婴儿，那样鲜艳无比。一切都渗透着浓浓的乡情，一切都让子民们产生淡淡的遐想。

这个时节，信步走在家园凹凸不平的石板路上，走进散发着浓郁乡情的怀抱，每一个游子都会对家园的山色给予深厚的情感，都会把家园的山色珍藏在大脑的深处，都会任凭鹅卵石垒砌的院墙放映出家园古色古香的情节，让家园的山色远远胜过城市闪烁的灯火，成为他们日思夜想的不朽主题。

这时节，民宿旅游应运而生，用青山绿水招待着城里的客人。

家园的山色，犹如一幅素洁的风景画，深深切入大山深深的记忆，流泻出智慧的风景，在蓝天白云的映照下，派生出浓浓的暖意，让人流连忘返。

一场春雨如期而至，让那些家园古老的思维鼓起勇气，生长出五彩的花环，让村前新落成的大桥流过滚滚的车流，让隆隆作响的机器开进穷乡僻壤。

面对家园的山色，面对被红高粱酒熏醉的乡情，我等待着一个细雨绵绵的夜晚，让童年的歌谣度我而归，重温家园的山色，小溪还有那座弯弯的小桥。

走过呼伦贝尔（五章）

大草原

那是一片绿色的海，汹涌的波涛漫过山峦，漫过人们的视线，一直涌向无际的天边。

绿色的风突破岁月的阻隔，在坦荡无垠的大草原上尽情漫步，嬉逐，没有任何世俗的羁绊，忘掉人世间的忧愁和烦恼。

这是一种流动的牧歌，在牧民的心田久久流淌，是生命中永恒的色彩，静静地洗濯着人们的灵魂。

所有的马匹都在奔腾，蜕变成那达慕盛会上剽悍的身影；所有的羊群都点缀成闪亮的音符，演奏出一曲醉人的草原牧歌。

高悬的蒙古刀，闪耀着一个民族的尊严，在辽阔的大草原上凝成了智慧的浮雕，让那些豪情满怀的蒙古人顶礼膜拜。

此时，我在雄浑的氛围中奔走着，将自己的身心浸泡在绿色中，发酵，生长出美丽的音节。

走进呼伦贝尔大草原，任白色的云朵划过我的额头，划过蘑菇般的蒙古包，滴翠的音律便在我的思维中狂泻。

恬卧于绿色的岁月中，所有的生命都睁开双眼，蚕蜕为一种冲动，所有的思想都生长出薄翅，在草原上翩然起舞，翱翔。

走进呼伦贝尔草原，孤独的我顿悟出人生的真情。

草原女歌手

你牵着绿色的裙裾，在那达慕的大会上，踩着一路歌声款款而来，闪亮的眸子斟满了青春的光泽。

歌声充满了草原的辽阔、粗犷、豪放，犹如蒙古白酒那样甘甜醇美，回味悠长。

草原女歌手是豪爽的，渗透着马背民族的骄傲，蕴含着草原儿女火热的情怀，过滤出内蒙古大草原醉人的风景。

就这样，你以强健的舞步走进蒙古包，走近跳动的篝火，轻展歌喉，以音乐的形态，将夜色融化，将你我的激情点燃。

你从绚丽的民族风情中走来，莹莹的波光划过我知识的海洋，将那些神秘的文字涂满我的记忆，聚焦成一帧诱人的画卷。

呵，草原女歌手，你从辽阔中汲取灵感，从狂颠的马背中汲取旋律，把醉人的歌舞涂进大草原的夜空，涂进黑土地隽永的记忆。

歌唱甜美的人生，歌唱优秀的爱情。

让那美妙的歌声张开想象的翅膀，冲破草原的寂静，到遥远的天籁，在心灵的大草原上尽情飞翔。

我紧握着斟满酒的牛角杯，百感交集，在歌舞中沉醉。

牧 歌

晨光刺破草原夜空的时刻，牧歌开始在毡房的上空飘荡。

远古的声音在时空深处回响着，那古朴、空灵的旋律悄悄撞击着我的心灵，让我产生了强烈的共鸣。

牧歌高亢，悠扬，如同那响彻云霄、万马奔腾的马头琴的琴声，渗透着一个民族淳朴的古风。

伴随着悠扬的牧歌，所有的马匹都调动起激情，奔腾起来，在阳光中被镀上金色的光泽。更有大片的白云流进绿海，流进我的视野，在感情的草原上尽情游弋，陶醉。

这时，信手甩响一串马鞭，或静卧于青青芳草地，任思绪掠过辽阔的草原和古老的喇嘛庙的神秘。

我的心境鲜亮成一片风景。

草原牧歌，犹如一幅寓意深刻的水彩画，叠映在牧民记忆的深处，浓烈中蕴含着深刻的主题。

那是大草原炽热的情写成的词，是黑土地乳汁谱成的曲。

甜美的歌声诱惑着绿草，诱惑着牛羊，诱惑着马背上谈情说爱的男女。

歌声深处，秋草正肥，牛欢马壮。

穿过这种古朴的精神，牧歌支撑起向上的希冀与向往，走向天籁，回荡在人们心灵深处。

草原之夜

孤阳溅落在草原上，通体金黄。浑然的地平线上，所有的草都开始燃烧，红色的火苗在跳动。

草原之夜伴随着炊烟，开始变奏。

在这静静的夜晚，我仰卧在你宽大柔软的怀抱中，信手揪起一片草叶放在嘴里慢慢地咀嚼，然后望着天上圆圆的月亮，数着那几颗亮晶晶的星星，心绪似水潺潺，驱走了旅途带来的不快和忧烦。

微风掠过处，送来一股草腥的味儿，我尽情地深深呼吸着，呼吸着大草原芳香的风。

草原的夜是不眠之夜，夜半时分，蒙古包前的一堆篝火还在尽情地燃烧，围坐在火堆旁边的人们脸色通红地尽情吃着、喝着、笑着、陶醉着，无垠的草原博大精深，深邃的草原之夜令人神往。

凝神远眺马匹和湖面，我们的双眼被马头琴的柔情蜜语灌醉。

躺在马兰花丛中，谛听草原之母深沉的呼吸，一种诗情在我胸中涌动，在晚风中流泻。

所有的声音都被晚霞熏醉，所有的灵魂都在你的歌声中奔走，屹立成不朽的浮雕。

篝火起处，伴着悠扬的琴声，人与草共舞，韵味无穷。

此时，走进迷蒙的夜色，我们以想象的翅膀叩击着寺院的钟声，任北斗七星在心田开垦出智慧的风景。

一轮明月，醉了整个草原。蒙古包里不夜的灯火，正演奏成一曲草原赞歌。

被记忆永恒珍藏。

牧马汉子

驾一缕长风，策马扬鞭，把自己的青春尽情地洒向狂颠的马背，辽阔的大草原。

蓝天和白云便奏响草原的颂歌。甩一串长鞭，放牧一川狂想，清脆的蹄音伴随你的手势和呼哨，回荡在牧民的心房。

牧马汉子，以草原做舞台，以绿色为旋律，青春与马共舞。在苍茫的天地间写下一路豪放。

牧马汉子终身与草原为伍，与马匹为伍。

强壮的肌腱刻满力的符号，一腔热血饱含草原儿子的希望。以心为歌，放逐着草原的日月；以力为舞，舞蹈成草原上矫健的雄鹰。

放牧着雄性的太阳，放牧着滴翠的草原，放牧着如火的人生。

牧马汉子，你从草原走出，抖动缰绳，矫健成最优秀的骑手，以无形的套马杆，驯服野性的骏马，驯服不羁的青春。牧马汉子的爱情隐藏在烈性的白酒里，隐藏在悠扬的马头琴声中。

当草原的尽头闪动出火红的纱巾，当白云深处回荡甜美的歌声。牧马汉子驾起一阵雄风，将自己身影融进天边，融进绿草地。

听陕北民歌

站在黄土高原，高昂起不屈的头颅，让扎着羊肚兜白毛巾的身躯和粗犷的声调刺破蓝天，白云。

一种阳刚之气便在黄土高原上弥漫开来，让每一个人感受到黄土的芳香。

九曲十八弯的黄河水滚滚而下，从撕裂的喉管中，从龟裂的黄土地上汨汨流出，生出浓浓的意象。

我们的每一根神经便被调动了起来，伴随着韵律，伴随着歌声狂舞。

那些生活在窑洞里的汉子，面对珍爱的泥土，将黄土地的追求和萦绕在心底的梦愿娓娓道来。

每一句都诉说出千年古梦；每一句都让黄土地潸然泪下。

信天游游弋着内心的憧憬，兰花花开放成绚烂的风景。

那些黄土地裸露的根系，在千年古风的熏陶下，用古铜色的肌肤镀亮阳刚民族的梦，亮丽成纯粹的风景画。

在祖祖辈辈生活的黄土高坡上，高原的风尽情吹动着羊群；那些走西口的汉子，怀揣着乡愁，在茫茫夜空，将故园的水声和忧伤的曲调带到遥远的他乡。

听陕北民歌，兰花花脸边噙满相思的泪珠，信天游追逐着梦中的红纱巾，闪动的足迹叩响沉睡的高原，漫天的大风把孤独的梦吹落，划落在岁月的光芒里。

永远也忘不掉黄沙遮住的穷山沟，永远也忘不了淹没在走西口中的身影。

听着悠扬的陕北民歌，一种崛起的意念在涌动，我们的心底有泪水在涌出。

大连

一只海鸥翅膀上的港口，牵动着两片海的思念。一边是渤海，一边是黄海。

面对茫茫的大海，大连，你把我融入白云，把我的名字掀起波浪。

在老铁山下，我收集着所有的浪花；在喧嚣的天空，我用浪花点燃山海灯会，照亮那些悲壮的、欢快的传说，在穿梭的城市寻找你的足迹。

大连，源自最初的青泥洼，源自撕碎风暴的帆。伴随着阵阵涛声，我的脚步像一团白云。

飘过棒槌岛、老虎滩，以及星海广场和热闹的服装节，听一听赶海的人们讲述老人与海的故事。

白云的天空，我眼睛里涌流的海水，依然湛蓝。

遥远的大连呵，在老虎山前，我用浩瀚的手抚摸着你的每一寸肌肤，用一张又一张的稿纸守护着你，你的影子在我的心灵聚焦。

大连，沿着那条蜿蜒的航道，我已驶过万水千山，正向地球的那端延伸。

黄山云海

那是一种久蓄的激情，在山岩和青松中尽情地涌动，久而久之，便成了你梦中的追求。

此时，所有的怪石奇松都笼罩在你神秘的面纱中，所有的梦都与那些古老的传说有关。

黄山云海，你带着一片神秘的风尘扑向我，引我步入你的怀抱，面对你诱人的波涛浮想联翩，流连忘返。

你是东方不老的图腾，以一种姿态弥漫于雄伟间，将博大的胸怀写进天地的瞳孔。那些生满青苔的石阶从此多了几分秀美，将雄浑的气势表现得淋漓尽致。

我不是朝圣者，但你博大的胸怀却使我俯下身，以先民的虔诚叩拜你，静静地感受你灼热的呼吸，聆听来自你心底的强烈召唤。

一切都那么气势磅礴，渗透着玄机，令每一个人都产生无比的敬意，在汹涌的波涛中感受你的伟大。在你的面前，所有的山峦都显得那样的渺小和卑微，成为他们崇拜的偶像。

一个声音在云海里回荡，响彻天籁；

一尊东方的雕塑在你的瞩望中渐渐清晰起来，化作一个民族的豪气。

这个时刻，谁能告诉我一个亘古不变的诺言，谁让我的欲望羽化出奋飞的翅膀，在冥冥中去追寻你心中的家园。

在黄山之巅，你将三山五岳的血脉注入泥土，生长出挺拔的松，生长出险奇的石和峻峭的山峰。

静静漫步于云海中，我们在满足中去观看蓬莱三岛的壮观，听黄山云海胀破生命的呐喊，目睹着迎客松的笑脸。

一种思绪随着弥漫的云海翻卷，沐浴在迷人的云海间，你凸显的形象愈发让人心动，而此时只有佛以高深莫测的梦幻注视着你，静静地诠释着你的一切。

每一抹云抚摸你周身后稍纵即逝，由此而萌动出生命中的旷达与人生的峰巅。

黄山云海，在这个世界上，有什么能比你更加心动地吸引每一个中华儿女的心，有什么能像你这样穿透岁月，海拔成超然的高度，让万物瞩目，让世界怦然心动。

信手采撷一缕黄山的云，倾听你委婉而深情的诉说，我久慕的心早已结成了一个硕大的民族情结。

千年的云海点亮千年的太阳，点燃人间暖暖的温情。

我仿佛看到，在黄山云海的深处，有佛光诞生。

布达拉宫

一

带着朝圣之心，我不远万里，虔诚地跪拜你的神奇，我用惊奇的目光将布达拉宫收进心房，用经幡的飞转揉碎太阳的目光。

布达拉宫透着古老的神秘，宛如一位身着紫红袍的高僧，独坐于世界之巅。传奇般的身世，神奇古远的传说，都一笔一画镌刻成生命的纹理，浓缩在旋转的经筒中。

豪情与秀美的雪山湖泊是你的容颜，千年不渝的佛语是你的魂灵。

这是一次圣洁无瑕的朝觐，飞鸟披着金色的霞衣，掠过初生的朝阳，布达拉宫静立在红山之巅。

沿着"之"字形白色边马墙拾级而上，我的神情也庄严起来，心中激荡着一种神奇之感。边马墙一直延伸到白宫，红宫的顶端像卫士般守护着神圣的宫殿。

布达拉宫外墙的四种颜色共同诠释着亘古不变的寓意，红色象征权威，白色象征和平，黑色象征庄严，黄色象征繁荣。

紧闭的窗户，遮掩住你所有的故事，每一扇都保持着相同的姿势，每一扇都那么神秘。我多想一一推开它们，去窥探其中的奥秘。

雄伟壮观的布达拉宫百步高台，考验每一个瞻仰者的能量，重重叠叠的宫殿，红白相间的外墙，曲曲折折的走廊，富丽堂皇的内饰，数不胜数的佛像、经书、宝藏，珍藏着一千三百年的历史传说。

走进布达拉宫，我看到了松赞干布和文成公主的金身塑像，找到了雪域高原神秘的传说。

透过熙熙攘攘的参拜者，透过星星点点的酥油灯光，虔诚的诵经声琅琅传来，转经轮回走向，更有众多的信徒磕着长头，一路走来。

红白分明气势磅礴的布达拉宫散发着神秘而幽深的韵味。

二

圣洁的哈达像天空的一条云，阳光照亮拉萨整座城市，照耀在酥油灯掩映的一方佛堂。

布达拉宫披着晨装优雅地立于红山之巅，朝圣的信者则满面庄严。

回首注视着这座历史悠久的城市，苍穹在你的身后尽情铺展开，书写着昔日的神秘。

四方而来的人们，流动于红白相间的宫殿周身。手中旋转的经筒，汇入了诵经中的箴言。

布达拉宫脚下的这条经廊，是他们每日的必修课，也是他们理想的王国，朝佛的起点，行走在上面，每个人都有一种超脱的感觉。

金黄的转经筒不停地转动，前行的脚步也从未停歇，七步一叩首，考验自己的虔诚。

人群中有白发苍苍的老人，也有牙牙学语的孩童，有的步履矫健，生机盎然，所有人都重复着相同的动作，围绕着布达拉宫。

几只雄鹰从布达拉宫顶上盘旋而过，我聆听着雄鹰在遥远的远方挥动翅膀的声音，聆听着这片古老的土地在蓝天流云下奔跑。

燃起的酥油灯火被衬托得异常明亮，沉静淡定的身姿，让时光也变得静穆与安详。

空气里挥散未尽的过去的味道，徘徊于廊间，牵引着遥远的气息。

几多陌生的脚步，日日往来其间，又添进几许新鲜的况味。这何尝不是前世与今生的演绎。每一席室地，每一扇门楣，或许都曾有你的痕迹，只是时间与空间不会再有交集。依旧保留下倾世的财富，昭示着宫殿的辉煌和神秘。

在众多的灵塔中，我看到——六世达赖仓央嘉措，倾听着"我是雪域最大的王"的名言。遥想着这个二十三岁的活佛为爱情、为逍遥付出了全部，为布达拉宫增添了一抹浪漫色彩。

一个为精神的永恒，一个为物质的常在。

三

布达拉宫，是云朵舞动的经幡，我虔诚地摇动心中的经筒，只为触摸你的指尖，只为感知你神秘的氛围。

目睹大殿外磕长头的觐见者，他们为觐见，只为用胸腔贴着你的温暖，跪拜心中的神灵。不为轮回，只为途中与你相见，转山转水转佛塔，不为修来世。

布达拉宫，我闭目在经殿的香雾中，蓦然听见你诵经中的箴言，看虔诚的善男信女虔诚的目光。

几位参拜者藏装站立酥油灯前，提起手中的油桶，小心翼翼地倒着酥油，然后用手中的调羹轻轻抹着酥油，褐色的脸庞凝聚着虔诚，双手合十，在悄声祷告。

大殿上，立于佛像前的人们，透露着对佛的虔诚，对幸福的向往，长跪不起，或匍匐在殿堂前，等待着活佛的开光点化。

从他们深邃虔诚的明眸里，流淌漫溢神圣的信仰。酥油灯不是烛光，油灯寂静慢燃，空气中散发着酥油特有的味道。有更多的藏民在灯槽里添加酥油，他们的表情都凝重而庄严。

在布达拉宫，我凝视着浓雪恩泽的远山汇成的片片祥云，流动在靛蓝的苍穹间。

寂旷的冰湖锁着乳白的氤氲，心中双手合十。虔诚地默念：扎西德勒！

走出布达拉宫，我发现在宫殿的上空，自己笼罩在佛光之中。

长白山写意

所有美丽的传说都和这座名山有关，长白山封面被浓郁的森林打开，裸露出五彩的山峦，丰收的玉米，金黄的水稻，以及那些兴奋的面孔。

是谁，用神奇与火焰激情的碰撞，让天与地产生无情的动感？

是谁，用岁月绵长的纤手轻轻抚慰那百年的伤痛，熨平你心底的悲伤，让滚滚红尘如此缠绵？

面对长空，面对举世的顶礼膜拜，你端坐苍茫的林海，端坐世界的火山湖之巅，淡然享受着人们的顶礼膜拜。

走进长白山，我尽情领略着你的巧夺天工，欣赏大自然造物主送给我们的惊天地骇鬼神的杰作，感受着长白山博大精深的文化内涵，使心灵在大自然杰作的震撼中升华。

长白山的脉搏，修炼百年的精灵，被人类痴情地拥抱。长白山的呼吸，浮动在碧泉湖幽静澄明的世界里，如梦如幻。

在你目光的注视下，我翻越高山，穿越丛林，任天池深邃的目光瞬间将我融化。

一池圣水从天而降，洞穿我兴奋的双眸，也化作三江之源。青铜一样的色泽，分明是一种白山黑水神谕的暗示，揭秘着一个民族优秀的文化积淀。

那是仙女眷恋人世的一滴相思之泪，静静地承受着芸芸苍生的拜谒和层层目光的抚摸。

阳光晒伤了我的身，却晒不伤我的心，我的情和爱倾注的长白山上，倾注在静若处子的池边。

巨响声中，山裸露着白色的容颜，那条银练蜿蜒而去，留下三江源头的回声悠悠，是长白山的蔚然奇观，远望瀑布，似白色的锦缎从天抖搂，在阳光照耀下非常耀眼。

153

漫步在大峡谷之中，我宛如置身灵魂的境地，远眺雾气缭绕的峡谷，灵动的鸟语和松桦的恋歌便飘曳而来，震颤着我发红的耳鼓。

　　那些耸立的石林，尽情扭动着身躯，分明是地下森林跳动的音符。这天地营造的精华，凭空掠走了我的思绪，面对猝不及防的雄奇之美，我已感觉语言的无力与苍白。

　　长白山张扬着天地的精气，而我幻化成一只鹿，在苍松翠柏中怀着一片痴情，在神秘的天池之畔扇动着激情的涟漪，在幽蓝寂静的天池中尽情舞蹈。

我的周庄

　　正是为了印证前世的一个久远而神秘的梦境，在这样一个素淡的冬日里，我踏着你的桨声，投入你九百年的怀抱，渴望依偎着你，融入你的祥和与宁静，静静阅读你诱人的水乡秀色。

　　冬日稀疏的雨滴，随风飘落在我的头发上，溅湿了我被古韵沉醉的双眸。

　　行走在悠长小巷的青石板小路上，细细审视着你梦中水乡的模样，端详着你自然和谐超然于物外的美，感受你台阶处小家碧玉般的棒槌一下一下敲打着湿滑青砖的声音，犹如叩击着古运河那段苍老的历史。

　　走过江南首富沈万三后裔的私宅，走过众多的明清建筑，走过小桥流水人家江南格局，为清纯有景、处处可画、时时有诗的风情而陶醉。

　　周庄水巷便是路，小舟即为车。

　　坐在乌篷船上，任凭摆渡的船娘摇着橹，飘飘摇摇地在清清浅浅的河里轻柔地起伏，穿过一座又一座古旧的小桥，头枕着婆娑起舞的春风，我在旷远的水乡阡陌图里沉沉睡去。

　　夜半，我酒醉迷楼。轻问是谁，将唐诗宋词的乡愁，迷失在吴侬软语的小楼？又是谁，将江南水乡的意境写满记忆的脑海。

　　我的周庄是窄窄灰灰的一段段青石马路，是屋前低低矮矮的丝瓜棚，是斑驳门板后走出的风霜老人，是古老水乡散发出的明清古韵。

　　走进我的周庄，你用南国纤细的手臂梳理着我的思绪，以文人墨客飞扬的文采和千古的绝唱熏陶着我的旧梦，以古戏台上悠扬的唱腔感染着我的情怀，洗去我奔波的风尘，度我进入不眠的梦乡。

　　周庄，你无愧于江南的第一水乡。

古城堡断想

穿过历史的夹层，穿过尘世之风。

在这里，随便拾起一片破砖碎瓦，都会听到沉重的叹息。随便一块泥土，都会引起人们的好奇。

一座古城堡在流行风的簇拥下，仍不失为一部鲜活的教科书，写满了无数质朴的语言。

一段段残墙，一堆堆瓦砾，站在悬崖绝壁中，残垣断壁仍感叹着壮士的铮铮铁骨，彪炳着历史最强的音节。

一部古老文明的历史压在厚土之下，长出荒草野刺。古城堡的先人们夜夜伴着明月，好像在追忆着昔日的金戈铁马，追忆着昔日辉煌的历史。

伫立于古城堡前，穿过时空的隧道，我回首时，许多的宫门都哗然洞开，无论六朝粉黛的千年春梦，还是唐宗宋祖的黄粱美梦，无论是横扫天下的君王，还是叱咤风云的将帅，无不落得如此的命运，无不化作历史的烟云。

阳光被这里的一切深深打动，落下了惋惜的泪。

随着世纪风的洗礼，狼烟荡去，古城堡成为一幅风景画，一种文化的象征。

时间虽像利剑一样，层层剥落你的肌肤，风雨像恶魔一样摧残你的雄姿，但你的精神却不会风化。

那是一种民族不可征服的旗帜，在人们的眼里，仍随世纪风高高飘扬。

每一个弹孔，都讲述出一段英雄的故事；

每一段城墙，都是一部悲壮的史诗。

这里没有语言，有的只是屹立于世的风骨，一种神圣的意念，在浩然长空中书写的坚贞历史。

那些指点江山的旅游者，你看懂了吗？

瀑布

相思的水，包含着一颗放荡不羁的心，在天边涌动着。几经思考之后，终于形成如注的情感，在梦的边缘地带，你带着火热的激情从天而降，用赤裸的情感大声朗读着自己的一腔痴情。

期待的山谷用博大的胸怀，接纳着你火热的祝福，为你的慷慨大声喝彩。唯有山岩伸出的手，把握着你奔腾的脉搏，丈量出你人生的高度，同时，也把你梦中的追求写进如诗的传说。

青山动起情来，欢呼着为你送行，热烈的掌声让松树折弯了腰。你用青春的节拍弹奏着生命的交响，用壮观的身姿摇动着万丈山岩，使红尘中的人们发狂。你狂泄出生命的交响，呐喊出埋藏在心底的千年古梦。

你在人们的祝福声中一路远行，尽管你的路途漫漫，尽管你的前程充满艰辛，但内心的追求凝聚着你梦中的憧憬，白色的风帆已经在你昨夜的思考中，成为无形的丰碑。

你一路往前，冲破险恶的礁石，冲过艰难险阻，将搏击的姿态写进世界的视野，让世界动情。

一种姿态，凝聚了多少沉重的思考；一种姿态，凝聚了崇高的追求。

把世俗的嘲笑当成前进的动力，笑对人生一次次的挑战。宁可把自己摔得粉碎，你也会重塑坚强的臂膀，把自己凝成无私的碧潭，最终会积蓄巨大的力量，去迎接人生的另一种挑战。

绿色的生命，挂满了你对生命的期待。一轮朝阳，吻红了你含羞的面颊。

无私的瀑布，你用一生的追求梳理着壮丽的山河，用无畏的牺牲，描绘出人生永恒的画卷。

木化石

他们曾经是大森林的一员，在经历亿万年的磨难后，站立的姿态却不曾改变。

面对青山绿水，依然袒露着炽热的爱恋，充满绿色的憧憬。

无情的世纪风吹断了他们的头颅、枝蔓，甚至被雷电抽打得遍体鳞伤，却抹不掉对绿色生命深深的渴望，抹不掉萦绕在心头的顽强向上的志向。

尽管生命早已殉眠，兀立的树桩仍在向人们讲述着昔日的一切，他们依然排列整齐，闪动着不屈的欲念和史诗般的忠魂，那是他们创造历史的彩色注脚。

伸手触摸这厚厚的历史，便可感触到一种古老的温情，感触到那颗依然搏动的心律和无声的语言。

他们是真正的树，多彩的生命经历悲壮之后，躯体却不曾腐烂。仍在回味着为之痴情的酣战，延续着生命的最强音。

他们生长在山岩中，甚至连根也成了岩石的一部分，但生命的年轮依然清晰可见，奋斗的足迹融进了大山永久的记忆。

在大山深处，和后代们生活在一起，一同接受阳光的沐浴，接受风雨的洗礼，但他们并不后悔，因为他们有了昨日的辉煌。

燕山夜话

正是为了证实那如梦如画的传说，我才久久地凝视你俏丽的面容，并且投入许多激情。

正值子夜，我睡得最甜的时刻，你云一样涌来，用无形的手臂紧紧地拥抱了我，亲吻着我，使我透不过气。

微睁睡眼，我分明看到了那两片诱人的唇，在蒙眬中游动。

我的血管荡起阵阵春潮，挟着巨大的冲击力，激动得我有些晕眩。

循着你的呼吸，我躺在你的臂弯里，静静地听着你滔滔不绝地讲述那些飘来的遐想，去点燃我久慕的灵感。

一种思绪在月光中潜滋暗长，在你的怀抱中拔节出奢望的嫩芽，进而生长出诱人的风景。

让温柔在浪漫中穿行，掠过阵阵野香，沁人心脾。

如歌似画，清爽宜人。散发着淡淡的幽香。

我赤裸的双足感知着你的纯情，感知着你体内搏动的韵律，摇曳出我心中无限的渴求。

燕山的夜是一尊沉默的塑像，美若天仙，饱含柔情。

此时，洁白的云横在你光洁的额畔，荡漾出妩媚的风韵。你的胴体虽已被霓裳所掩盖，但遍体芳香早已与都市里多情的眸光融为一体，沉淀出一幅浓郁的风情画。

抚摸我的鼻息。

此时，我早已醉得不省人事。

燕山的月夜，今宵属于我。

延庆六题

妫　川

当晨光之剑刺破天宇的时刻，当母亲河水映出无数个太阳的时刻，妫川在北方的泥土中庄严地诞生了。

那片黄色的热土，埋藏了多少渴求的欲望，九转十八弯的妫河水浓缩了多少妫川儿女的千年古梦。

高耸的海陀山峰，托举着一个倔强的意念。引导着先民们走过混沌的初萌，走入世人的瞳孔。

透过山的视线，沃野中散落的村庄是绿海中浮动的帆。在太阳光的簇拥下，悬挂在妫川的记忆深处，凝重而生动。

一座古城，就是生命的缩影；一个村庄，便可折射出不朽的哲理，诞生出浓烈的乡情。

绿是妫川的根，先民们手握锄头，世世代代耕耘着这片沃土，播种着绿色和希望。

以强壮的精血孕育了妫川的树木、村庄和浓郁的乡情。使这片神奇的土地生长出智慧，生长出善良和爱情，在心底深处树起一面神圣的旗帜——巍峨的古长城。

妫川的未来不是梦，是一种涌动的激情，是踌躇满志的畅想。

当岁月隆隆碾过这片土地，当时代的流行色越过古长城，叠映出七彩的光环。

妫川曾激动得彻夜难眠，曾伸展开不羁的思维，突南闯北，奔走东西，去探索一条实现自己价值之路。

一方水土养育出一方子民的骄傲，一种思想沸腾了妫川的血脉。穿过阵痛的日子，妫川上空有鹰闪电般掠过，神奇的灵感便在绿色的涛声中生长，拔节。

妫川的绿野上浮动起一簇簇崭新的梦想和滴翠的诗篇。

让多情的世纪风去大声朗读。

龙庆峡

仿佛把南方的山水都浓缩到了遥远的北方。

一幅浓郁的山水画静静地矗立在延庆的土地上，时间久了，便产生了轻灵的神韵。

碧绿的水，清秀的山，与摇曳的人影相伴，相融，冰灯应运而生，点燃了红男绿女追逐的目光。

一个普通的峡谷从此名声大作，饮誉海内外。

一叶扁舟在狭小的水道，在龙庆峡的青山绿水间缓慢漂泊着，犹如步入仙境，描进一帧浓彩重墨的油画中。

游人徜徉在醉人的峡谷，成了天堂中的一只惬意的圣鸟，在仙山胜景中圆睁着兴奋的眼睛，环顾着滴翠的青山，让瞳孔镀亮浓浓诗意，萌生出栖息的欲望。

一只岩鹰从山中惊醒，对着碧绿的峡谷，对着金刚寺悠扬的钟声投来温情的一瞥，群山立刻被感染，发出大声的喧哗。

神仙院前，进香的善男信女虔诚如佛，不知是被耸立的古刹所惊叹，还是为龙庆峡的美景所陶醉。

妫河晚照

当夕阳霞蔚着浩渺的烟波，水鸟的影子总不离这片绿丛的诱惑。

妫河的晚照宛若水墨的碧波，轻盈荡漾在一盆莲花之中，灵动而鲜活的神韵，倒映出晚照诱人的身姿。

161

当霞光将妫河上空最后一抹晚霞渡走，暮霭便携着炊烟缓缓而来，点点的渔火与岸边永宁阁上的霓虹灯融于一幅天然的画卷之中。

随波逐流的不仅仅是浪漫的心情，还有一个埋藏在心底的梦，伴随着倒流的河水，都市的红男绿女蜂拥而至，把自行车骑得飞快，将对欢乐生活的追求化作奋进的桨声。

在碧水青山之间，你绿色的梦幻，渐渐丰满起来，生命之舟已如箭矢划向绿草之外，灵魂之楫已亮出呐喊，化作世园会轻歌曼舞的倩影。

妫河晚渡，谁把妫川古老的哲思溅满一身？谁又在翻动的浪花中，随着你瞬间的顿悟，无言的生命琼浆将妫川原始的欲望涂抹得郁郁葱葱，将生命的蝉意诠释殆尽，在古色古香中产生涟漪。

妫河的晚渡早已经成为历史的记忆，所有的舟楫淹没在红花绿柳的海洋之中，而盘旋在那里的水鸟仍在深情地注视着这片天堂般的沃土，寻找着栖息之地。

历经漂流的沧桑之后，你思考的姿态可曾像一只喜鹊，洞穿时空的凝睇，徜徉在自己漂流的感慨里？

妫河的怀抱中，一座红色宝塔在波光粼粼的水面倒映着自己的雄姿。

宝塔的身后，一座现代化的城市正在崛起。

海陀山的呼唤

海陀山上的迷雾在阳光第一道钟磬撞击中慢慢醒来，雾霭便在寒风的吹动中悄然隐退，而白雪依旧俏丽在山顶，成为"延庆八景"的写照。

晨曦中，阳光将所有的色彩暴露得淋漓尽致，郁郁葱葱的林木有雾气在升腾，翻卷为白色的云团，在鲜花绿草中漫步，化作登山者一阵阵爽朗的笑声，在绿意掩映的山顶，拔起成一座现代的冬奥会赛馆，化作妫川仰视的头颅。

瞬间，酝酿已久的太阳跳出地面，将妫川久蓄的激情点燃，海陀的晨曦，连雾障也变得通体透明。

一个遥远的梦，一个梦得太久的愿望，一个愿望中最强烈的希冀，攀附着初生的阳光，在海陀山的晨曦中一点一点点亮，燃烧在原始森林的草坪上，燃烧在鲜花盛开的草甸，燃烧在冬奥会的赛场。

晨曦中，巍峨的海陀山发出阵阵呼唤，唤醒那个早已勃发的梦，点燃着梦中原始的图腾。

面对你浓重的呼唤，我的语言、声音甚至呼吸都弥漫着海陀山五彩的气息。此时，只有露珠才能读懂海陀山的晨曦，只有那些沐浴在晨曦中的花瓣，才能充分享受大自然的恩泽。

我的视线追逐着海陀山的呼唤，领略着海陀山的晨曦，任古老的梦想闯入白云的故里，闯入你多情的山谷，碰撞出七彩的音律，走向繁花盛开的明天。

一只鹰已冲出厚重的黎明，用矫健的翅膀在天空划出一道绚烂的风景，化作妫川上空彩色的虹。

妫水女

独坐岸边，扯一缕阳光，遮住你凝思的额头，摘一片白云，寄托你古远的情思，任逝去的历史一页一页折叠你俏丽的身影，让怀古的诗人和驻足的看客猜度你此时的心境。

逶迤而来的是平缓的水流，染你鬓发的是历史的风尘，脉管如弯弯的妫水，将遍野的绿色铺满你为之而钟情的土地。

你柔情地看着妫川这片多情的土地，畅想着古老城市的美好未来。

赠我一泓碧水，这便是你的许诺吗？在你想象的天空中，我轻轻地驾一叶扁舟，畅游于你多情的怀抱，感知着你强劲的脉搏，让孤独的人找到家的感觉。

寻你，于六月的蒙蒙细雨，沿着逆向的水流，渡我回归童年。

魂系何处？在你俏丽的身影中，喜鹊两三声处，尽是点点滴滴的韵致，美丽得像古老的传说。

奶水女，沿着你深思的目光，生出一首首精美的诗篇。

八达岭残长城

在废墟中，寻找古老的经典，在孤独中，寻找现在的美丽。

在蓝天白云的映衬中，八达岭残长城，在滚滚红尘中，寻找着自己的生存的方式。坍塌成"V"字形的城堡、犬牙交错的砖石，脱俗成那些老掉牙的故事，在静静诉说着昔日的辉煌。

那些散落在人们视野之外的砖石，撩拨着历史的烟云，凝固在人们的心头，燃烧着长城城头昔日的战火硝烟。

天边涌动的云絮，飘逸成你不尽的遐思，让城墙下那些无名的尸骨化作悠久的传说。

走过沁人心脾的杏花雨，温馨在历史的额头，任悠悠的古风被感染得落下了泪水。

就在风吹过的那一瞬间，残长城显示出了自身的韵律，还原出自身的本来面目。

是长城，总会为人们抵挡住风雨，是岩石，总会成为一个民族的基石，构筑起长城的雄姿，让世界瞩目。

尽管世纪早已进入新的千年，尽管计算机早已将你的残垣断壁复原成美丽的童话，但青山中游动的巨龙却依旧诉说着自己内心的追求，把你苍凉的历史深深刻在共和国的大典上。

你不屈的身姿已经镌刻在共和国国歌之中，那是一条中华儿女血肉铸就的长城。

凝视八达岭残长城，我的内心一阵酸楚。

江南（七章）

江　南

　　始终以灵巧的姿态端坐于竹林秀水之间，以晶莹的梦幻吸引着无数的朝觐者。

　　一条滚滚的长江，使你的姿态脱颖而出，萌生出丰厚的寓意；

　　一方红土，传颂出鱼米之乡的生动的典故。

　　流水、小桥升华了，取代了荒蛮和无知；青山秀水将飞动的灵感梳理成滴翠的音符，被多情的世纪风传唱。

　　江南，从不以权势标榜自己的身价，从不以漂亮的身姿镀亮世人的眼睛。古朴和绿色覆盖了人们的灵魂，引得慕名而来的人浮想联翩。

　　曾在一场雨夜酣甜的梦中，把自己流放，流放到遥远的水乡，曾在晚上顺着一条小巷游荡，沿着悠长的青石台阶拾级而上，无意间看到寻常院落中的景象。

　　哼着咿咿呀呀的桨声和吴侬软语，小巧的舟楫便划过烟雾迷蒙，划过缭绕的炊烟，牧童的笛声便在人们的瞩望中渐次开放，舒展出南国的梦想。而那颗相思的红豆，却引得江南妹子柔肠寸断。

　　在绵绵细雨中，手撑一把油纸伞，脚穿一双木屐，漫步在江南悠长的小巷里，踏着脚下的青石板，听着木屐踢踏的回响，摸着古老的大宅院墙，你会情不自禁地想着江南的古韵。

　　走过江南，走过李白、杜甫、白居易古老的宅院，走过唐诗宋词的韵脚，那些苇塘莲荷中独行的船只，都随着丝竹的韵律在缓缓抒情，叠映出小桥流水人家的画卷。

　　走过如歌、如画、如梦的江南，挥之不去的是那些悠扬的民歌和不尽的传说。

石拱桥

一座座小桥，构成了一方水乡的骄傲，一座座小桥，镀亮了小城古朴的梦。

早已不见了古道瘦马，不见了远在天涯的游子。

经历百年的洗礼，小桥愈发古远，仍默默地挺立在河边，一头连着历史，一头连着现在，无言地诉说着百年的沧桑。

在历史的那边，文弱的书生虽然在大发感慨，历史的这边，无数的红男绿女却在狂歌劲舞。

桥下的河水流了多少年，无人知晓。石拱桥建了多少年，无人知道。河底的鹅卵石诉说着那个埋藏久远的梦，被观光的游客的目光磨得很亮。

无数的游人驻足石拱桥上，端望着桥上行走的红花伞和桥下穿行的小船，只有坚硬的麻石被来来往往的脚板磨得很光。

河里的水黄了又清，清了又黄，流不尽的是风雨岁月，是江南水乡的千年古梦。石缝里的苔花开了又落落了又开，道不尽的人世沧桑。

行走在古典的石拱桥上，触摸着古远的历史，犹如翻看中华民族的华丽乐章。

古桥上的那一块石碑，永远立在乡风民俗之中，年年如故！

纤　夫

一根祖先遗留的神经，被你的肩膀勒出了血。

古铜的脊梁上绽开岁月的涛声，从历史的深处荡来，从厚厚的回音壁上荡来，从心与心磨成的硬茧中走来，涨起汩汩的春潮。

一声呐喊，引得群山激动，大河动情。被河水濡湿的滩涂上，一个个不断延伸的足迹写下了一个民族厚重的历史和纤夫的苦涩的人生。

那是一种质化的声音，是一个民族跋涉的姿态，把无数灵魂磨出血泪。

大河中跋涉的纤夫，粗犷奔放，将不羁的涛声和流淌的汗水一同融进那伤痕累累的号子，宣泄出一部悲壮的史诗。

你把脚下的足迹读成激扬的文字，让船上的游客引吭高歌；那坚实的脚步，袒示出你不屈的性格，在茫茫天际间，翻卷于人们的心中。

凝视那些在号子中跋涉的纤夫，聆听那渗透着血和泪的音符，我的灵魂深处蓦然腾起一双无形的翅膀，在历史的长河中溯流而上。

直至纤夫的灵魂深处。

寒山寺

一首简单的唐诗，居然让那座古寺出尽了风头。

沿着流浪诗人平平仄仄的韵脚，踏着那叶扁舟的桨声，我循着钟声，来到姑苏城外，追逐着古人千年的思乡梦。

早已不见了悲切的乌啼，不见了江枫，渔火。而白天更无眠可以敲打，那些远来的游客仍围坐在那口钟前，缠绵得令唐朝的诗人产生种种妒意。

这里的一切都与钟声有关，都与那几句短诗有关。迎着缭绕的钟声，我拾级而上，静静地感受那位古人的内心独白。

红尘之外，在那个冬日，我行走在中国文化的记忆里，远处的枫桥拱弯在历史失血的背影里，古老的渔火仍然眨着惺忪的睡眼，回忆着那条思乡的船。

奔流的江水虽然无动于衷，但不息的涛声仍在诉说着落魄文人思乡的情感，炸响的钟声，感叹世俗的无情，也感知着那段悲怆的离愁别绪。

钟声如潮，碾过古人寂寞的日子，把淡淡的乡愁塑造成企盼的姿态，让后人在压抑的情感中，追寻着古人的思乡梦。

那些面河而居的僧侣，无缘感受人世间思乡的愁绪，只能伴随着青烟感叹尘世的多情。

寒山寺吸引着无数的观光客，芸芸众生纷纷争着敲响古老的洪钟，寺门外枫桥边依旧人来人往，悠扬的曲调在耳边回荡盘旋。

钟声舒展开来，穿透历史，孤独的我与那位思乡的诗人相撞，共同体会思乡的感觉。

而伴奏的钟声仿佛成了文人感叹红尘最好的注脚。

妙高台

以一种秀美的身姿藏于峰峦的深处，隐藏于千丈岩上。

并不是因为一代枭雄的厚爱才让这里绿水青山有了如此的美名。而是大自然鬼斧神工的造化，才让这片南国的热土充满无穷的动感，让那片绿色的山折射出古远的幽静。

那些凌乱的题字，曾避过无数次战火的袭扰，隐藏在青山中的别墅上，悬挂在千丈岩石之上，虽曾孕育过风流倜傥的情节，但又使一种忧伤蒙上迷惘和无奈，成了狂妄自大的代称。大自然的魔力千奇百怪，造就了溪口传世的美景，但美景并没有因为那位枭雄的失意让现代的人们感慨万千。

透过青山掩映的亭台楼阁，透过山下铁窗内那位将军渴盼的目光，我的目光一遍遍翻阅其间的风流典故，任一个声音重重敲击着我的灵魂。

驻足于青山秀水，品味云雾浓郁的山茶，我年轻的心一阵感叹，宁可凭栏远眺葱郁的青山，宁可感叹山下铁窗内苦求的目光，也不愿揣度那三个似曾相识的字。

太湖石

超人的智慧悬挂于你凝思的额头，时间久了，便化成一尊文化的浮雕。

也许由于你的命运过于坎坷，身躯才变得如此清瘦。

这是千万年的自然风化，风带着日月的目光敲打，诗意的节理深深浅浅地留下抒情的轨迹。

被风被雨侵蚀得千疮百孔，被浪涛雕刻得玲珑剔透，你以残缺的姿态，诉说自己悲惨的一生。

悲壮而孤单的风穿越时空的隧道，盘旋而上，演绎出你沧桑的履历。无法超脱的红尘，将你瘦骨嶙峋的姿态蜕变成一种变形的美。

美在饱经沧桑，美在历经磨难后仍痴心不改。

世俗的风，不知从你的哪一个窟窿穿过，深深嵌入人们的灵魂，让想象在洞箫的轻吹中深沉与含蓄，让尘世的人们感慨不已。

你成为朝贡的礼品，走入宫廷的花园，走进寻常百姓的院落，独尊于众石之首。你以变形的价值矗立于人们的记忆，但过分的赞誉却丝毫也减轻不了你内心的沉寂。

立起的是树的伟岸，涌动的是湖的韵律，是古风温润的渴念和你梦中的追求。你倒卧失重的一刻，便创造出缜密的意境，陶冶出天然的风韵，让红尘中多情的过客望而兴叹，感悟出人生的哲理，一种悲壮的楷模。

那时的你才真正感觉到，你的世界并不在尘世间。

秦淮歌女

我匆匆赶来时，早已听不到那动听的丝竹管弦，听不到青楼中的阵阵哀怨。那些红极一时的六朝粉黛都已红颜老去，隐入乌衣巷的深处。只有狂热的迪斯科在传唱着现代的旋律，震得河水闪着渔光。

古老的琵琶早已无人弹奏，而在船头倒映的依然是秦淮歌女诱人的笑脸，她们可曾记得秦淮河伤感的泪水？可曾听到昔日那些烟花女子悲怆的歌声，可曾目睹倭寇穷凶极恶的丑恶嘴脸。

江心秋月依然皎皎如银，旧时的枫叶荻花已经失去了昔日的风采，代之的鲜亮的霓虹和沁人心脾的音乐。

透过悠悠的古韵，那些残破的碎片又在反复敲击我麻木的神经，透过历史的章节，公子王孙踏着款款的脚步嬉笑而来，高傲的眉角依然缀满了玩世不恭。

但此时此刻，却不再有人半抱琵琶，轻叹天涯沦落的伤感；不再有人为歌女泪湿青衫，更没有为亡国而悲伤的商女。

只有那些凝脂的胭脂和飘逸的霓裳在诉说着浪漫的往事，引得那些流浪的风驻足观瞧。

寒水依旧，红尘中奔走的人们已经记不得昨日的历史，香君楼中狂欢的男女让昔日的粉黛产生种种妒意。

接过歌女递过的暖茶，我的心一阵酸楚，不知是怕饮去太多的胭脂泪，还是让我在他乡穿越历史的浮尘。

秦淮河畔，我行走在闪烁的桨声灯影里，行走在秦淮的旧梦里。

一位年轻的书生在感叹尘世的有情和无情。

记忆中的石碾

我记忆的童年中，始终转动着一副沉重的石碾。碾轮轧过碾盘，隆隆作响。

犹如一个古老的民族，在阳光下晾晒着自己灿烂的历史。

空气中充满古典的芳香。

石碾有多大的年纪，已无从考证，只有从那慢慢转动的石轮中依稀看出它沧桑的履历。

巨大的碾盘，犹如一张古老的唱片，在浓郁的乡情中放射着贫瘠的光环，吟唱着儿时断断续续的歌谣。

古朴的风在静静地伴奏，在我朦胧的记忆中，母亲每天都在碾盘中推轧玉米、谷物，让粗糙的谷物绽开真诚的心，养育幼小的我们。

每一年，母亲都在碾道中不知疲倦地转动着，圆形的碾道，轮回着母亲的青春年华。

碾碎每一粒粮食，亮出金黄的喜悦，碾碎每一个日子，积淀出母亲火热的人生。

如今，现代人早已忘记了石碾的存在，但故乡的石碾仍在我的记忆中熠熠闪光。

每每见到石碾，我的目光总要穿过岁月的长廊，在那坚硬的岩石中读出母亲劳动的文字，总能从那隆隆转动的声音中，体味到母亲的一腔赤诚。

岁月如石，记忆永恒。

在我永恒的记忆中，故乡的石碾早已突破时空的阻隔，在天籁中永远转动。

山村古道

在你的脚下，衍生着一个山村的企盼，凝固着一册厚厚的历史。

众脚一千次踏于你的肌肤，你的身影一千次被荆棘缠绕。

尽管旅途艰难，渗透着点点血汗，却斩不断你记忆中梦绕魂牵的情节。

雷电交加处，你挺直身躯，将一颗孤寂之心藏于深处，独自细细品味。然后在阳光下慢慢现影，定格，积淀出丰厚的内涵。

你静静地躺在大山的怀抱中，虽然已被杂草遮掩，但伴随着缕缕的炊烟和夕阳下马帮的身影，仍可追寻到你沧桑的历史。

你成为大山的知音，构思出山乡古朴的风情，化作智慧的翅膀，在崇山峻岭中讲述着自己的传奇和典故。

古道很窄很长，融不进半点现代流行的色彩，只能背负山乡沉甸甸的嘱托，走进自己的誓言，走向梦中的憧憬。

古道的尽头，一座城市在微笑。

夜宿张家口

风沙吹醒的张家口，今夜在我的墨水里闪着灵动的光芒。

隔着寒风，我用最后一支笔写下你的辽阔，写下你粗犷的城市和乡村，也写下你浓郁的乡情。

坝上草原吹来的风，满载风雨，吹过马背草原的剽悍，吹来张恒古城悠久的历史和冬奥会的主题曲。

大镜门外的大好河山，以月光的形式穿越时空，浮现出沧桑的岁月。

一把泥土就是一段河北梆子，一粒莜麦就是一个神奇的传说。

我伫立在古老的桥头，感受了张家口的白天和夜晚，感受着那些苍老的传说与典故。

张家口，多么短暂的旅行，我要奔波一生，才能抵达你的一粒风沙，才能看到你挺直的脊梁。站在塞北的风景里，我的笔在青山之间留下历史的刻痕，记录着冬奥会的繁忙。

夜色深沉，我仿佛听到，在更深的地方，一颗春心在敲击着我的心扉。

让我无法入睡。

都市写真（四章）

霓虹灯

以一种特有的姿态支撑起都市那个五彩的梦，仿佛伸手就能触摸到夜的灵魂。

霓虹广告拥挤于商业区，拥挤于繁华的街道。伴随着音乐喷泉，七色光洞穿了夜的寂寞。

款式新颖的时装风姿绰约地挂满夜空，世界名牌，宇宙名牌，在都市街道攀臂呐喊，还有女人闪亮的唇……

都市的夜晚开始倾斜，变得愈发醒目起来。

五彩的光芒溶化了一座座摩天大厦，也熏醉了都市的街道，伴随着购物队伍，我的心被高科技的形状所诱惑，感知着都市的脉搏，在冲动中品味着夜的激情。

霓虹广告遂成为都市最靓丽的模特，金币的代名词。

不断闪烁的树木，美女是否善良，变换的音乐是否隐藏着可怕的陷阱，旋转在舞池中的善良的人们无法知道其中的味道。

漫步于霓虹点燃的街道，聆听歌舞厅传来的强劲节奏，我的情绪被一种激情鼓动，被莫名其妙的愉悦、快乐、疯狂鼓动。

此时，行进在都市中的我竟然不知所措。

广 场

古老的词汇从水泥和绿草中诞生，从都市人的期盼中诞生，且愈长愈丰满，愈长愈耐人寻味。

中心广场神圣地矗立于每一个都市人的心底。时间久了，便成为都市人的骄傲。

微笑的风掠过刚刚落成的雕塑，将都市的写意涂满绚丽的天空，舒展成一种生命的象征。

一切都那么错落有致，一切都张开了想象的翅膀。

古老的历史与现代都市少女的香气在这里汇聚，形成特有的风景，唯有那些失意的树木在这里仿佛进入了囚牢。

在广场的喷水池前，我看见一朵朵被音乐陶醉的花，在广场渐次开放。

广场上投下的飞翔的影子，是鸽子，是一种生长的欲念。

广场如海，人已是海中的鱼，我成了花海中的一只昆虫。

经历时间的洗礼，也许有一天，广场将成为历史的象征。

酒　吧

以夜的姿态倾听灵魂的歌唱，释放出青春的能量。

在城市一隅，你穿过夜的寂寞，融入夜的激情，把青春盛在杯子里，在歌声与旋转的灯火中慢慢品味生活。

灿烂的笑靥印着青春的色彩，时间久了，便演绎出万种风情，让乡下人望而却步，只得与酒吧隔夜相望。

变换的灯光，猩红的嘴巴以及高脚杯里的红酒。

金币在叮当作响。

酒吧远离阳光，在音乐与昏暗的背景里尽情展示着城市人的浪漫，展示着异国的情调。

而坐在阴影里的人是谁？那个面壁抽泣的女孩儿又在回味哪段往事？脸上缀满泪花。

酒以夜的方式流入年轻的心房，灵魂在液体里呈现光明的一面。

酒吧将兴奋的心情衍生出人类的一种文化，抑或一种赞美，一种金币

175

的狂想。

伴随着酒杯碰撞的声音，深夜里有歌声在城市角落弥漫。

都市中流浪的诗人却不知城市的道路与谁擦肩而过。

立交桥

横起一种凌空的欲望，焊接出流动的色彩。

这里是一种速度的提纯，一种金色的折射。

在都市喧嚣的阅读声中，立交桥显得厚重而又深刻，恢宏成都市的骄傲。

你在生命的交会点上，以特有的姿态，支撑起都市的宣言，调节出生命的节奏。

而两旁高耸入云的大厦潜伏着某种高贵的思想，正在计算机上设计都市的另一种豪华。

都市的太阳镀在立交桥的每一个侧面，每一处都闪烁着金币的光芒。

神圣的高度和豪华的速度，在这里都失去了本来的意义，在这里隆起的道路上，浓缩成一种境界。

在都市的一角，我仰望着立交桥上流动的色彩，在自己的心底划过一道银色的弧线。

牦牛

威武的犄角，披拂的鬃毛，狮子一般的雄风，你被誉为高原之舟，雪域之魂，生命禁区里孤独的使者。

你从远古的洪荒走来，足踏大地，角刺蓝天，带着独有的圣洁，踩塌一座城市，携带着雪山冰川的气息，让城里人感受到野性的美，一种野性的雄壮。

弯曲的脊梁，犹如雪山一样沉默，而越缩越小的骨架，顺从成人类最需要的文明。

带着最初的许诺，你野性十足地驰骋在雪域高原，骨缝间蕴含的力量，发出一声呐喊，宛如雪崩断裂，令寂静的高原惊雷炸响。

牦牛，你高耸的肩背驮起整个地平线，四蹄之铁擂响天地的大鼓，飞奔而来，以一腔赤诚，阻守着雪域高原的祥和。你高举太阳的盾牌，谁敢冒犯你野性的胸毛？谁敢触怒你头骨里的神？

你皮毛的黑夜下，燃烧着多少人间烟火。雪线是你的生命线，草原装饰你的腹，经幡慰藉你的心。

当魔鬼挥舞万条长鞭，当冰湖祭起白骨累累，你的眼窝有泪，你的口鼻有血在流出。

百畜之中，你最能忍辱负重，没有路的地方，都由你蹚出路来。你远离了柔情的高寒地带，踏着相思羽承诺的美丽传说，独自流传于你的神奇，掩埋世界上每一处刻骨的距离，你穿梭于崇山峻岭，奔走于峡谷峭壁。

所有的惊奇和真诚的赞叹，只记载于涛声中成群起落的鹰隼，与你的付出无关。

人们从牦牛身上索取的很多，给予它的却很少，甚至没有给过一顿饲料，然而却让它们出尽了力，流尽了汗，从皮毛到肉，甚至毛发，都完完全全奉献出来。

哦，牦牛，喜马拉雅忠实的守护者，

堆一座土丘，安葬牦牛的尸骨吧，葬于它一双空洞无比的眼眶，然后在巨大的虚无里，点燃一盏酥油灯，一条哈达搭上了头顶，以祝福的形式托起世人对欲望的真诚膜拜。

生有生的样子，死有死的姿态，大瞪着眼，怒视苍穹。

与一只牦牛对视，激起我难以名状的悲伤。

漂过九曲

一曲溪边上钓船，幔亭峰影蘸晴川。

虹桥一断无消息，万壑千岩锁翠烟。

二曲亭亭玉如峰，插花临水为谁容，

道人不作阳台梦，兴入前山翠几重……

随波逐流的不仅仅是浪漫的心情，还有一个埋藏在心底的梦。

随着蜿蜒的河道，都市的红男绿女慕名而来，将对欢乐人生的追求化作奋进的桨声，在碧水青山之间放飞绿色的梦幻，你的名字渐渐丰满起来。

生命之舟已如箭矢飞向绿草之外，灵魂之楫已亮出呐喊，在绿水青山中回荡着。

漂流于梦幻与现实之间，在灵魂与肉体之上，在你燃烧的期待与永远的缄默之中。

随着你瞬间的顿悟，无言地将南国原始的欲望涂抹得郁郁葱葱，将古典的爱情渲染得大胆狂野。

谁在武夷被古老的哲思溅满一身，谁又在翻动的浪花中，将生命的禅意诠释殆尽。

一条河，时而大气磅礴，时而纤柔若丝，将你的温情紧紧包裹，缠绕。

一滴水，可以穿越爱情的想象；一叶舟，可以穿越生死的轮回。

读着朱熹的诗句，我们的身影顺流直下，去追逐南国的爱情。

沿着那些漂流的竹筏，在翻卷的浪花中，那些古老的传说栩栩如生，诉说着对生活的美好憧憬。

伫望黄河边

一

面对滚滚流淌的黄河，我无法解释这惊涛骇浪的来源。

面对波涛汹涌的奔流之水，我的心被你的身影渐渐同化，也变成一股势不可当的洪流。

也许同属于一种颜色，或是今世前生就有这样一种血缘的契合，一种性格与气质的共鸣，使得我身不由己地亲近你的面孔，我站在巨石上，望着你伟岸的身影，在你狂泻奔流的伟大精神下，我噤口无言。

在你强大的磁场中，远古的风粗犷地掀开我的衣襟，裸露出你我同样的肤色、同样的追求。崇拜的我早已经感受到了你的亲切拥抱，感受到你浓重的呼吸和强烈的脉搏。

在你宽广的胸怀中，风涤荡尘埃后的空灵，吹着我滚烫的额头，产生一种强烈的欲望，我的思绪化作一只水鸟，翱翔在你的上空。

伫望使一切都变成雕塑，镌刻在历史的额头，从黄河儿女朴实的身影中，你阅读到一个民族厚重的拓片，犹如一首高亢的歌，在皇天后土中广为传唱。

黄河之水天上来，奔流到海不复回。

伫立黄河岸边，遐想之虹是一条翻卷的巨龙，静卧于那片神奇的黄土地。谁知道你是怎样的坚忍不拔和艰难求索？从千古遗留的雪山的圣洁之水、思虑之泥与积习之沙中解脱出来，在古老山脉慈祥的目光和深深的渴求中憧憬走来，不断汲取力量，然后挽起高山大海，一路高歌，永不回头。

因为你深知自己肩上的重担，深知你背负着一个民族的重担和一代代华夏子孙期盼的目光。

二

黄河从风尘仆仆中走来，从一个民族的期待中走来，戴着神秘的面纱，鼓胀起阵阵春潮，流进母亲的博大胸怀。

黄河一路高歌，震颤出七个闪亮色的音符，宣泄着古老高原的悲怆、苍凉、冷傲与神秘，谱写着黄土地雄浑奔放的历史。

伫立黄河岸边，寄寓着所有往古的情思、热望与魂牵梦萦。我在想，黄河的涛声从哪里来？是驼铃撞破苍穹，还是轮回在祁连山下清澈见底的梦幻，是几多惆怅滑落最后的悲音，还是黄土高原高亢的隆隆音节。

那些腰系羊皮袄、头裹白羊肚手巾、挥舞着牧羊鞭的汉子给予了答复；那些挥舞着大刀长矛、高唱着怒吼音节的壮士道出了黄河的密码，昭示出黄土地日月可鉴的赤子之情。

三

黄河犹如一个民族带血的脐带，闪烁着华夏子孙古老的梦想。

一道闪电骤然切下，黄河纷纭的幻象与微涩的记忆便产生了浓浓的意象，陡峭的悬崖绝壁永远地烙下一个民族隐隐的伤痛，黄河圣洁之躯"几"多久远、"几"多磨难、"几"多期盼。

你坚信，淤积的不是信念与高傲的灵魂，而是你不屈的精神所在，是久远而荒芜岁月留下的千古谜团，你高昂的头颅支撑的是一个民族的自尊，喧腾而下的是历史的高度！

你咆哮龙门，穿越万年的黄土高原，点点鳞片让山势跪拜，让高原低头，浑黄的肌肤凝结着智者的深思，列出一队队方阵，接受世人的检阅。

伫立黄河岸边，我的伫望升华了，化作永恒的风景，横亘在一个民族的额头。那些顺流直下的羊皮筏，那些隐藏在不言中的奋进的风帆，把你诱人的风姿汇聚成巨大的洪流，让世界瞩目、动情。

放歌于心灵的牧场

沿着绵长曲折的河流，深入心灵的牧场。

此刻，天空间盘旋着鸟群，地上绿草掩映着羊群，充满一种静谧的美感。

忽隐忽现的远山，绵延而来，一直延伸到我的孩提时代。

此时的心灵牧场，犹如一篇天真的童话，水晶般澄明透亮，将红尘的一切漂白得通体透明。

路旁的山花开得正艳，五彩斑斓，犹如一篇灿烂的童话。

透过我青春的梦，牧场在那边熠熠生辉，生长着幽幽的花香，圣洁的童贞，以及迎面而来青草的气息。

世俗的雪峰肃穆而威严，寒光四射，仿佛是一口封存千年的宝剑，正斩断悠悠情丝。

陡然，在辽远的大漠深处，一队铁骑骤然而至。

一时间，尘土飞扬，遮天蔽日。我看见刀光剑影的厮杀，充满悲壮，一颗颗人头滚入草丛，鲜血染红了脚下的小河。

我看见，远古的河流从我的眼前流过，像每一张血盆大口，在吞噬着牧场上无辜的生命，但许多善良的鱼仍源源不断地向那里游去。

金黄色的向日葵，依旧做着自己高贵的梦。

轻风徐徐吹来，苦艾草的清香让人陶醉，缭绕在我们的头顶。

放歌心灵的牧场，憩息于牧场宽阔的掌心，让灵魂安然入睡，就像此刻在孤独中跋涉的我们，用疲惫的脚步寻找一片净土……

鹰的驿站

这是个惴惴不安的雪夜。

一只孤行的鹰经过漫长旅途，显得十分疲惫。

它抖搂掉浑身的劳顿，降落在枝头，想在这灰色的日子寻找一块栖息地。

它仔细观察了一阵，然后闭上双目，回味起那段难忘的孤旅。

鹰原来有个家，但早已淡忘了。只记得一个遥远而又遥远的始发站。

当触摸到那段悲壮的羌笛曲或褪色的油画，鹰的眼睛一阵酸楚，流出说不出滋味儿的泪水。

鹰忆起了温驯的母鹰和那只待哺的幼雏，那是它生命的寄托与希望，是支撑它远征的人生磁场。

在这荒野中，没有温暖的语言，没有惬意和愉悦。有的只是大脑深处镶嵌的那颗北斗星，以及牢牢吸附它的强大磁场。

人们说，外边的世界很精彩。但精彩属于别人，属于你的只是旷野里的颠簸和寻求。

穿过寂寞的长夜，穿过喧嚣的白昼，鹰编织着一首孤旅之歌。

鹰面对精彩世界轻声苦笑着，流下了凄苦的泪水。

一片乌云在狂风的伴奏下翻卷而来，鹰简单啄了几口饭，又启程了。

走进白桦林

初春，我带着萌动的心情扑入你的怀抱，你以火热的情怀欢迎着我这个远来的客人。

每一棵白桦树都挺直了身躯，好像在以最高的礼节迎接我的到来。

那是生长着无限希望的白桦林，笔直的身躯顶破苍天，把绿色的语言写在苍穹之中，让朵朵白云投下忌妒的目光。

此刻，泛绿的小草仍在讲述着冬天的故事，诉说着白雪皑皑的往事，引得春风驻足观看。

太阳带领着一大群候鸟，在你怀抱中飞来飞去，让你紧捂着跳动的胸口感觉到生命的存在，感受到蓬蓬勃勃的希望，感觉到绿色天堂的魅力。

树林中奔跑的小鹿是大森林快乐的孩子，歌声自草尖上滚落，吟唱出白桦林雄浑的主题。

画卷在群山中展开，勾勒出大自然粗犷的线条。

滴翠的绿水流淌着大自然甘甜的乳汁，也滋润着白桦林厚重的梦想。

绿风如温柔的手臂，轻轻撩开我忧郁的思绪。

我惊奇地发现，北方的白桦林在微笑，挺直中渗透着无尽的遐想。

鼓浪屿情思

见到你的那一刻，我感觉山离你很近，就像我离你很近一样。

当游船荡过那窄窄的海峡，划过花岗岩那尊伟岸的浮雕，我分明感到你绿树掩映的婆娑身姿，分明看见一篇诗里，每一个文字都是喷涌的浪花，都富有深刻的哲理。

自然的魔力将一处处风景定格在这里，变成一幅古色古香的油画，游人游在色彩里，犹如一尾探寻的鱼。

我把鼓浪屿拾起来放入自己的行囊里，那些被浪花撕碎的风景，被白云尽情揉碎，撒在海面上。

站在礁石上端望着海水，以及岸边残留的碉堡的影子，我不禁追问，是谁酿成骨肉分离？又是谁，被海岸打落水里哭泣不止，在海水的咸涩里，又是谁望眼欲穿。

行走在鼓浪屿的沙滩上，静静聆听大海的呼吸声，从远处隐约传来，又像大海的百般召唤，水的轰鸣胜过惊雷，犹如洪钟。

我想起郑成功三百年前激励将士东征的鼓声，想起了古代疆场咚咚作响的战鼓。看到了战鼓声在画图里穿梭疾走，带着震撼天地的神话，张着飞翔的翅膀，驮着它的生命攀爬到宇宙之上。

窄窄的海峡，窄成可以瞭望的宽度，我的思绪在海的两岸徘徊，找不到着陆之所，那份乡愁的分量却格外沉重。

日光岩、淑庄花园、冈仔后海滩，这些个脍炙人口的去处，早已没了任何意义。

水与水的相连，却化解不了历史的争吵，让血脉亲情长出剪不断理还乱的亲情，我在一座孤岛上反复思考，并且寻找着什么。

街头上的一个画家向我送上我的画像。

南浔留梦

走在江南的古镇，心中的痴迷越发强烈起来。

天空飘下几丝细雨，如同一层柔细的湖州丝绸，轻抚着我的面颊，让我禁不住仰起脸去静静享受细雨的按摩。这便是春雨，轻轻打南浔古镇门扉的江南春雨。

小雨轻轻落下，声音美妙动听，跟随着石板路上踢踏的脚步，远离城市喧嚣的我环顾着小巷深处，好奇的目光撒向粉墙黛瓦，撒过明清沿河民居群遗韵百间楼，站在河边，静静感受着江南古镇芳香的文化底蕴。

阅读南浔，阅读古镇七百多年的历史，阅读四象八牛七十二条金黄狗的历史积淀，更阅读那些古镇中西合璧、令人叹为观止的人文奇葩。

在这里寻找的不只是梦想，还有早已经融入古色古香风情里的藏经楼，和如诗的春风中散发着沁人心脾的芳香。

走进南浔，流连于秀美玲珑的景色和那段醇厚传奇的历史。走过长廊木雕，走过数不清的深巷小桥，缠绵不休的吴侬软语，都在眼前、耳边弥漫开来，铺成一幅浓墨淡彩的江南水乡图。

夕阳笼罩着小莲庄、嘉业堂、百间楼，与自然风光和谐统一，既充满浓郁的历史文化底蕴和灵气，又洋溢着江南水乡诗画般的神韵，更似一幅水墨画，朦胧的、写意的，氤氲着沾满灵性的诗意。

南浔，这个多娇的江南水乡，有红房子向我们诉说岁月沧桑，有小桥流水人家给我们心灵的寄托。

作为北方人，我更喜欢江南的柔美，但在这里，更感受一种恬淡清静的氛围，一种最为纯正的、最为原始的古镇生活气息。

漫步南浔古镇，踏着历经岁月的青石板，触摸着白墙带来的历史痕迹，耳边听着老人们说着古老的吴语。

南浔古镇的韵味，在于满眼都是一种恬淡而内敛的美。

南浔的美，在于每个景致都撩拨着我的心弦。

坐一回摇橹船，懒散地躺在船尾，听着艄公的摇橹声，看河道两旁的古宅新柳在眼前慢慢退去。

听古镇穿过历史哗哗的流水声，这门前的流水，这窗外的月光，天天如此，多少人都在这水乡的石板路上走过。男人、女人、富贾、乞丐、诗人。

南浔犹如江南女子般温婉、娴静，一直留在我的梦中。

古韵
——题一幅岩画

你从历史的深处走来，古老的思维渗透着生命的强烈的欲念。

稚拙的线条，抽象的文字，把一个个鲜活的画面镶嵌在岩石的板块上，镶嵌在历史的额头，流泻出古老国风的千年古韵。

虽然无法测定这些岩画的年龄，更无从知晓那些逝去的往事，但沿着那些粗犷的线条走进去，历史的辙印便渐渐清晰起来。

古远的声音正穿石而出，诉说出人类文化的海拔高度。

岩画早已模糊不清，却又栩栩如生，画出先人们质朴的追求。浪漫的情节虽然遥远，也很原始，但一条相连的血脉却将那些悠远的图案凸显在岩石的记忆中，嬗变成一种思想的档案。

古代的艺匠如此精明，将沾满了祖先血迹的典故凝聚成东方智慧，雕琢进坚硬的岩石，刻进天地的瞳孔，画出远古不朽的神韵和魂魄，令世人感叹。

岩画与青山相依，与日月星辰对视，以赤裸的灵魂接近天空，辉煌成一个民族厚重的历史。

黑蜻蜓

从遥远的天国而来，以一种妩媚的姿态，狂吻着青青芳草，狂吻着心中的偶像。

古老的苍穹下，你黑色的倩影在蓝天中尽情地起舞，在人世间化成无穷的诱惑。

世俗的风一片哗然。

阳光下沐浴的芳草，尽情享受着你的厚爱，潺潺的水流像欢快的舞曲，你在光的簇拥下翩然起舞，舞姿楚楚动人。

这是大胆的内心独白，你赤裸的爱恋饱含痴情，呢喃中，表达出人生的情怀。高贵的黑蜻蜓，你披一件梦幻的霓裳，飞过千山万水，在青春世界尽情展示着爱的双翅，将最珍贵的情感献给钟情的偶像，把最美的舞姿展示给热恋的人。

从一滴露珠可以品尝到爱的甘露；从一种声音可以领略到生命的可贵。我绿色的身躯是你唯一的家园，你热情的唇浓缩了一生的情。

天地间的万物顿时纯净起来，幻成灵魂的家园。

你的身影穿行在绿色的感情世界，以飘逸的姿态扩展着人们的思维。

但无聊的风却划过你翩翩的舞姿，产生了非分之想。

梦中的香格里拉

由于一本书的诱惑，我才去寻找那个神秘而美丽至极的地方，无数人寻找和向往的精神原乡，那是我心中的向往，梦里的天堂！

读着那些诱人的章节，我踏进日思夜想的天堂，无数人踏遍万水千山寻觅的一片净土呵！我仿佛住进了布达拉宫，向佛的深处走去，向生命的更深处走去，怀着一颗虔诚的心，去寻觅活佛闭目的经殿，在香雾中诵念的箴言。

走进香格里拉，步入一个神奇世界，薄薄的轻雾缓缓为我掀开了她神秘的面纱，群山如屏，傲然屹立的冰山雪峰，云堆玉砌的巍峨，在雪雾缥缈里有一个时隐时现不染纤尘的童话世界。

在香格里拉大佛寺，我看见了世界上最大的经筒。仰望全身金色的大经筒，湛蓝的天空下，周围是连绵的群山、斑驳的墙壁、浮雕的文殊，以及筒内的经咒。

阳光照耀着美丽的香格里拉，万道霞光映射着这座世界最大的经筒，金碧辉煌，熠熠生辉，给普天下所有善良勤劳的人们带来幸福安康。

我怀着万分的虔诚，沿着顺时针方向，转动着经筒，每转一圈，许下一个虔诚的心愿，每转一周，念佛124万声。

我的亲人，你们在我的许愿里，显得那样的神圣，那样的温情，让香格里拉万道霞光温暖着亲人生命旅程。

走进香格里拉，走进詹姆斯·希尔顿笔下的桃花源，犹如邂逅一块永恒和平宁静的红土地。雪峰峡谷、金碧辉煌且充满神秘色彩的庙宇，都在诉说着不染纤尘的人间天堂。

踏进香格里拉，我看到梅里雪山下的卓玛，她双手捧着哈达，在欢迎我这个虔诚的朝觐者。

听海

踏着一曲古老的歌谣去看海，海霎时亲切起来，犹如接近我梦中的精神家园。

就这样，面对慈祥的海，我伫立成黑色的礁石，任风浪拍击飘逸的思绪，吹乱我的头发。

听海，犹如聆听一曲北方雄浑的交响，在鸥鸟轻歌曼舞中，洁白的云朵随着节拍在翻卷，奔腾。

在雨中听海，如泣如诉，是满目的悲怆，远去的轮船在鸣笛。

在狂风中听海，听到的是大海急促的呼吸，是扣人心弦的喧哗。

更多的时候，我则凝视着蔚蓝的海水，品味着浪漫的云和关于海颠沛流离的传说。

穿起五彩的泳装扑进大海，隆起着一个个青春的梦，领略大海沧桑的岁月。

裸露的痴情一层层涌来，饱含了海的呼吸，海的激情，海的冲动和一颗不羁之心。

这时节，信手扯一缕浪漫的流行色，嬉戏于沙滩，目睹退却的海水渐渐化作记忆的帆。

更多的时候，我仰躺在海岸上，聆听大海浪漫的语言，体味海博大精深的内涵，我的听觉被海阵阵涛声溅湿，沉醉，不能自拔。

聆听大海的呼吸，静静感受海的温柔与浪漫，犹如体味黄土地与蔚蓝色的交响。

在海的隆隆音节中，去接受大爱的洗礼，陶冶出一个湛蓝湛蓝的梦。

梦幻之旅

在风雪交加的黑夜，你揣着一颗滚烫的心，开始了旅行。

你的梦是风，在大地旋出无形的舞步；你的梦是灵魂的旅行，在没有星光的黑夜，行走在无际的宇宙，你是一个孤苦的旅人。

旅途中，没有赞美的歌声，没有送行的鲜花，甚至没有一丝温馨的气息。

有的只是梦中的不败和执着的追求，有的只是隐约听到的来自天空的回音。

你早已习惯了夜行者的沉默，面对星光里死尽的夜，面对肆虐的风和无情的考验，你坚定地跋涉着，步伐强劲，震耳欲聋。姿态楚楚动人。

这是命运早已注定的跋涉，前方是自己的理想王国，不管前方的路是荆棘丛生，还是蜿蜒曲折，你都要沿着红色的指痕，义无反顾，一路向前。

注定是一段艰难的跋涉，无数个无数次征程过去以后，创新道路依然迷雾重重。但你一直坚信，自己热衷的梦想正散发着强烈的光芒，航标灯一样指引着前进的方向。无论道路突然曲折，还是布满陷阱。是跌倒后爬起，还是浴火重生，你别无选择。

雪野的路很宽很长，走在上面，孤独得有些眩晕，举目远眺，前方依然是茫茫雪线。

信念之帆驶进白色的雪夜，你跋涉的姿态成为痛苦的风景。

一阵狂风，蔓延出一段情节。一座雪峰，充满无穷的诱惑。

就这样，你带着无限的希望，跋涉于雪野，漂泊于隆冬，你嚼碎每一个日子，尝遍人生的苦辣酸甜。

感知着一个灵光的召唤，谁能阻止一个灵魂的旅行呢？

去看看冬日的山

不要总在八月去看绿色的山，不要光去赞美那几座少得可怜的名山。

如果你真的喜欢山，就应该在冬日去深山走一走，去读一读那些孤寂的山，感受一下那些山真实的气息，用你的真诚去温暖一下那些孤独的山。

冬日的山，始终为一种伟岸的气质所包围。赤裸的山体，赤裸的灵魂，昭示着一种阳刚之质，蕴含着雕塑的力度。

那是些被岁月吹老的山，是质朴而真实的山，没有丝毫矫揉造作的神态，没有诱人的姿色。有的只是刚毅的性格，风吹在上面，也会摔碎。

粗犷、豪放是山冬日的气质；

纯朴、多情是深山温暖的性格。

羊肠小道盘在深山的额头，写出几段冬日的山的传奇，也写出山的几多沧桑。

一场雪覆盖了山的本色，但山的灵魂却凸显了出来，让你的热情集合起恩泽众生的土地，汇聚成冲破苍宇的气势，让太阳和月亮拍案叫绝。

用心去读冬日的山，便可感受出山强烈的欲念。

用心去读古老的山，便可听到山清脆的呐喊声。

冬日，尽管寒风吹落了山的五色外衣，却摧不垮藏在心底的智慧之树，山的内心深处正焕发着勃勃生机。

冬日的山与命运抗争，那些劳动的文字便会由梦幻走进现实，结痂出绿色的奖章。

触摸玉龙雪山

那是一座神奇的雪山，一座从来没有被人类征服的神圣的山，一座让你看到第一眼就被深深震撼的山。

在丽江古城向北远远望去，玉龙雪山像是水墨丹青挂在那里，如仕女一般裸露出白皙的素装，在蓝天的映衬下，那孤立卓绝的冷峻姿态，让人情不自禁地产生了亲近的欲望。

当梦中的玉龙雪山完全展现在我的面前时，我的心灵感受到了一阵强烈的震颤。

绵延的雪山迤逦排开，云雾缭绕，宛如一条白色的巨龙、一条白色的哈达，静静地注视着每一个虔诚的膜拜者，让我的精神感受到一种奇异的波动。

坐在索道里，划过波涛般的原始森林上空，俯视着漫山遍野的奇花异草，使我想到了这些在高海拔的生灵是以怎样不屈的精神，才能给人们装点出世间美景。

雪格外的白，松格外的绿，掩映生态，移步换景，故有"绿雪奇峰"的美称，雪不白而绿，蔚为奇观。

缓缓行走在穿满绿装的木栈上，蓝天已近在咫尺，白云正从自己头顶轻轻飘过，风夹杂着雪在追逐着我，使我产生一种冰肌玉骨的超然。

在银屑的舞蹈中，在绿色掩映的原始森林的环绕中，我终于看到了玉龙雪山的真容。主峰扇子陡直得就像一把展开的玉扇插向碧海青天，壁立万仞，扇子陡峰的魅力不仅气势磅礴，而且秀丽挺拔，造型玲珑，皎洁如晶莹的玉石，灿烂如十三把利剑，在碧蓝天幕的映衬下，像一条银色的玉龙在做永恒的飞舞。

这是可望而不可即的玉龙雪山吗，是自盘古开天地以来，就从没有人类涉足的"处女峰"吗？如今我已经伫立在你的身边。

触摸玉龙雪山，聆听晶莹剔透的冰川讲述着地老天荒的远古神话，我多么想飞上你的山顶，透过那些宛若玉龙的冰川，去感受你千古不化的精灵。

轻轻抚摸玉龙雪山，吹过的风都是文化，踩的地全是历史。

抚摸玉龙雪山，静静体味玉龙雪山超然脱俗的神圣之躯，你会在不知不觉中感受到一种无形的骄傲，一种对生命肃然起敬的神圣感，你会把自己在凡间的琐事不断提纯，产生一种全新的感悟。

我想这可能是我对不同凡响的玉龙雪山情有独钟的感悟了，这才是玉龙雪山独特的魅力所在！

白水河旁，触摸到的雄姿，看湛蓝的天空，看祥云环绕下浓绿和林立的松柏，我雄视着人间烟火，在牦牛亲吻美女的瞬间，按下了相机的快门……

九寨行

沿着狭窄的山路，我听着容中尔甲的歌声，一路北上。

雪峰的手轻挽着云的腰带，流动成九寨最美的风景。

神秘的目光俯视路的重叠，岷江之水犹如一条银色的彩带，在群山中波涛汹涌，流向遥远的远方，群山环抱千年屹立的羌寨碉堡，那是神秘的羊图腾。

岷江源头涌动着生命之水，凝视着高高耸立的巨大石碑，远来的我们感受着青春的冲动，那是嗓音深厚的藏歌，在耳边鼓响。

鹰的盘旋、啄食，让云朵的花纹愈加斑斓，随便一片泥土就能长出木头的房子。

沿着雪温暖的视线，我听到了流水的倾诉，听到了你千百年的呼唤，向内心深处一步步逼近，路更加曲拐，一座座山峰扑面而来。

阳光下，海子软软地卧在青山翠柏之中，草海的芦苇吐着嫩芽，和或蓝或绿的高山湖泊做着对比，构成大自然最美的画卷，是一团绿色的空气。五花海静若处子，没有浮尘，没有喧嚣，就连绿色眨动的声音，都听得一清二楚。

几株老树，倒卧在水中，嫩芽又盛开出鲜艳的花朵，宛如玲珑剔透的出水芙蓉，有的静静地躺在水中，但形体仍旧是树，躯体虽已被钙化，仍在昭示着一种深刻的哲理。在这里，他们与五彩的山、巍峨的雪峰凝成一种立体的浮雕，构成了童话世界的主题。

老远就听到巨大的轰鸣，先是耳朵，然后是皮肤、是眼睛，空气溅湿了人们的思维，巨幅画像飞泻而下。

多情的诺日朗瀑布，以最热烈的掌声，欢迎远来的客人，众多的急流从岩隙、树丛、沟汊奔涌而来，聚积着浑身的活力，播动涛声，摇曳着青山，播洒出水雾，那千万颗水粒织成一道水帘，诺日朗那样摄人魂魄。

面瀑而立，看诺日朗，听诺日朗，我将诺日朗吸入肺中，感受着生命的脉搏，感受着一种力的召唤。

我忘记了五彩经幡诉说着风的虔诚，忘记了圣山闪耀着不老的光芒，那些路边伏地虔诚的身影，隐藏在苍凉的牧歌中，雪白的哈达扯动着我痛的神经。置于头顶的诵经，净化了我蒙尘的行程，我听到了活佛开光的神秘咒语。

九寨，夜的篝火跳起狂放的锅庄，有舞就有舞动的灵魂，跳跃的瀑布能否舞起峰顶沉睡的巨龙，在这童话的世界里，我看到了古老的村寨，在那古老的村寨里，有一把我失落的藏刀。

走过九寨沟，在这片被天空和火焰温暖的水域，湛蓝的水中倒映着冰雪的桂冠和云的华服，透明的鱼在千年的民谣里长大，背负的藏刀因久远的失落，日渐暗淡了光芒，红叶的火映亮了九寨沟的秋天，流动着的经霜的诗句等待着，熟悉的脚步叩响通往天堂之门。

风，传来远方虔诚的祈祷，飘荡在经幡上的藏字真经，洗涤了灵魂中散落的灰尘，被牛角统领的众水，在石头与天空之间传递着清澈的信息。

生命，被一道澄明的佛光打开，篝火激起的舞蹈，涌出骨头里原始的躁动，无数的鸟翅拍打着梦幻，白天鹅迷惑了水的波光，银质的音乐充满了不老的智慧，走过深秋的九寨沟，所有的生灵都会比来时干净。

九寨归来不看水。当我置身于童话世界的九寨沟，我的思绪便被这里的一切感染，陶醉，充分感受到九寨神奇的魅力。

走过九寨沟，一个神奇的名字横亘在我记忆的星空，让我对静态的水和流动的水有了新的想法。

走过雨季

走过雨季，黄昏的山村洒满浓郁的情。

没有甜美的歌声，没有你梦中的微笑。无知的山风吹乱了我的思绪，落下满目的伤感，在山谷间流浪。

山路旁仍盛开着鲜花，但你的倩影早已被山色覆盖，无法与孤独的我细语交谈。

你离山远去了，尽管临行前有过几多许诺，尽管你曾吻着我的泪水发出过海誓山盟，但你昨日的来信，分明透着不安，读得让人心疼，我萌生阵阵焦渴，彻夜难眠。

穿过愁肠百结的雨巷，任所有美好的记忆化作相思的雨滴，在我的心田狂泻，生长出阵阵不安。

你潇洒的秀发远去了，在我相思的季节，成为一叶帆，引导着我走向遥远的你，走向梦中的曼陀铃。

走进相思的雨季，泥泞的旅途淹没了驿站台，泪水穿过水草般的睫毛，落进夕阳，落入乡村，化作浓浓的相思。

山风的背景处，我望断天空，祈祷着你书信的再度光临。

承德的冬天

承德的冬天是一种古朴的浪漫，羌笛奏响绿色的悲哀后，将秋的泪水洒进黄土地，去追忆逝去的岁月。

承德的泥土便诞生出白色的季节，忆念出那束冷峻的目光。

无声的雪切入视线，外八庙随着飞旋的方位，构思出朦胧的灵感，而棒槌山依旧在雪野中沉思着什么。

这便是大自然最古老的调色板，抹去夏的青藤，以遒劲的笔调去叙述久远的典故。

在这个季节，绿色的我走进雪原，登上那段古长城，去探索避暑山庄的奥秘，竟使悲伤的树和肆虐的风哗然，投来惊诧的目光。

渐渐地，太阳跃出了宁静的雪线，穿过白色的海洋，穿过粗犷的山，显露出雄浑的光，为沉睡的旷野涂上浓烈的暖意，成为一种风景。

行走在承德的冬天，干吗总是追忆逝去的一切？君不见那些潜滋暗长的生命细胞？不见那喷薄欲出的生命琼浆。

承德的冬天，去看一看永不封冻的热河泉，领略一番小布达拉宫的雪景，与塞外老乡吃一碗热乎乎的八沟羊汤、吊炉烧饼，然后，烤着火炉听着避暑山庄的奇闻逸事。

走在承德的冬夜，火光把我的影子剪成一幅图案，融进孤寂的山乡，融进茫茫雪原。

承德的冬天开始兴奋起来。

山乡小站

彩色的绸带在青山打了个美丽的结，便成为翡翠项链的一粒珍珠，生出许多诱人的遐想，引得山里人睁大了惊奇的眼。

一棵老槐树，竟成了你简单的站牌。

歌声飘荡，那是你古朴思绪的最强音节。

山风驻足在这里，流盼着喜悦，搅得大山不安分起来，溢出五彩的光环。

山乡的小站，你从充满诱惑的山乡走来，站立于大山进化的坐标，虽省去许多情节，却用年轻的肩膀将一个彩色的梦轻轻托起，从马背上的货郎移植于轰隆隆的马达，汇入山下那片五彩的海中。

仅仅立于站前，便可触摸到你温柔的乡情，触摸到你万分焦渴的脉搏。

那是大山息息不断的血脉，一颗骚动的心。

滚滚的车队带走了你殷切的嘱托，带回了山外的时尚，也将大山的明天写进世人的眼中。

大漠里的诗行

不是第一条林带，不是第一条浇灌的沙漠小渠，也不是第一渠泛青的麦苗。

一名维吾尔族向导牵着骆驼，领着一支探险队来探索大漠里的财宝。

风沙，撞响了开拓者的忧伤。迷路，曾将把他们引向绝境。

饥饿，连骆驼也相互啃吃着绒毛。干渴，把人们变得瘫软、昏迷……

探险的队伍越过玉门、哈密，来到了一望无际的大漠，面对大漠的孤烟，探险队员披着老羊皮袄，艰难地跋涉在大漠的深处。

绵绵细沙，留下一串串足迹，犹如闪光的诗行，横亘在大漠的额头，一直通向大漠深处。

你的足迹漫过36个古国，漫过疆场曾经的悲壮，透过历史的尘烟，秦时的千里明月和汉时的万里关山，龙城飞将李广，威震匈奴，教胡马难度阴山。

你的脚步越过映红天际的火焰山，翻过大气磅礴的天山山脉，跨过内陆河塔里木河，穿行在塔克拉玛干沙漠，用脚步丈量着伊犁河，用赤诚去跨越三山夹两盆的广阔与辽远。

人们去寻找救命之水，带回来的是黑色的金子，是让大漠复苏的命脉！

从此，沿着这一串脚印，走来了更多的探险队，走来商店、林带、城市……牵引着矿山、油田、盐湖，牵引着从大漠走向今天与未来。

大漠的第一行诗，系在驼铃声里，响在探险队员敢于探索的目光里。

大漠的第一行诗，写在探险队员的血汗里，更写在隆隆的钻机声中。

让大漠摆脱贫困，你向祖国交出了闪光的名片。

北海留笔

一座南方的城市，居然取了一个北方的名字，同是北方的我倍感亲切。

一路浪迹，我驻足北海，驻足于北海的街道。

海上的路不知有多长，不知钟情有多深，心中感怀的细节和情境。我回味千里之外的北方，感觉自己的心回到了抛锚处。

北海的潮汐，珍藏着蓝色衣襟内所有的情怀，夜的枝头悬起的清辉，是深厚而旷世的灯火，另一侧是造型奇特的罗马广场，昂首挺立的根根乳白色花岗岩立柱，扎根于斯，以绅士的静默，称颂这片月辉下的一方水土。

北海的月下，木棉踮起脚，四处张望着。先是冠头岭，然后是涠洲岛，最后张望到北部湾外的远方，是巨轮的眼睛。

北海的夜色潮汐一样涌来，裸露出光洁的浪花，月色笼罩着单纯，皎洁而虚幻，薄得不可再薄，那轮在大海里摇曳的小舟，载着我童年的梦想，随风摇摆着。

北海薄凉的月光，被茂盛的暗绿笼罩，恍如隔世，唯有戴着斗笠的老者，用南方的烫唇讲述着婉约而悠远的神话。

北海的月光停泊在我的思念里，我会选择月潮的心绪，与北海的月色携手而行，不惧生命所有的图案，紧攥在命运的手里。

让北海的月辉，去惊喜地见证我的生命是如何被流年翻译成南国的语言，一章一节，如月亮悬在夜空，句子之上，明月之下。

转弯处，一个渔港码头古老而年轻，披一片月的羽翼，在酝酿梦的起承转合。

国际码头的那艘客轮远行了，载着我的梦想去了下龙湾。

第四辑

凝眸亲情

中国二十四节气

　　　　二十四节气蕴藏着中国人洞察天地的智慧，蕴含着
　　生存智慧与生活哲学，是先人立身处世的生活方式，是
　　与自然天人合一的精神追求，是中华民族极具个性的科
　　学和文化遗产，在我记忆的深处，仍然吟诵着不朽的歌
　　谣：春雨惊春清谷天，夏满芒夏暑相连。秋处露秋寒霜
　　降，冬雪雪冬小大寒……

　　　　　　　　　　　　　　　　　　　　　　——题记

立　春

　　中国的二十四节气犹如一帧巨大的唱片，刻满了中华民族宝贵的精神积淀，刻满了一个民族不倦的探索。

　　黄河边上怀抱孩童的母亲和辛勤劳作的父亲，是唱片的主旋律，日月星辰和数不尽的经典传说则成为唱片中的经典乐章。

　　那是一个民族五千年智慧的结晶，黄土地博大精深的产物。

　　那是人类历史长河文化巨大的经典，闪烁着中华民族传统文化的智慧火花，为一个民族的崛起指点着迷津。

　　一条看不见的大河在人们的期待中，正在慢慢解冻，太极图的阴阳鱼正随着时空的改变而激动起来。

　　静静聆听黄土地深处，许多的绿意正沿着赭黄的脉络发芽，是抽芽的青草血液流动的音节。生长出醉人的色泽，微不足道的暖风正从遥远的南方启程，准备翻越一座座山岭，返回它们往年曾经吹过的地方。

　　春木之气始至，大地开始解冻，也许遥远的北方听不到这种声音，但

却真实地发生了。

这个时节，被时间装点的村庄大红大紫，成为人们欢庆的时光，人们在欢喜中相互赠送春牛，张贴着春牛图，在梦中盘算着一年四季。只有草根正在泥土里伸懒腰，在为它鼓掌。

北国的春天似乎还在遥远的路上，立春显得很暧昧，而城里的红男绿女更不觉得它的存在，仍包裹着厚厚的棉衣。

此时，走在北国的街道上，感受着春的气息带来的巨大冲击，虽然这个节气很嫩、很脆、很薄，但很快就被凛冽的寒风吹得荡然无存。

从人们吃春饼的得意的眼神中，春的影子正在走进人们的视线，成为黄土地的一种期盼，一种寄托。

冬的影子依旧沉重压抑着绿色，但从那些笃信的寸目寸光中感觉春天的到来，从大河深处滚滚的洪流中感觉到春的影子。

立春为岁首，人们欢歌笑语，盼望着它的莅临。

透过土地埋着多少深邃之事，写下一个民族探索的秘史。

立春在人们的瞩望中，摇摇摆摆站立起来，人类所有的美好愿望，都随它一起站起来！

雨　水

春雨贵如油，黄土地需要雨水的滋养，但雨水仍在人们的期盼中遥遥无期。

北国虽然阴寒未尽，但却下了一场大雪，城里人在感叹岁月多舛的同时，惊叹古人的智慧。

雨水就这样不期而遇。

回到农村的我只能佯装是一粒种子，把自己投进沉沉的田野，让想象的雨水把身体淋湿，生长出绿色的蓓蕾，在微风中摇曳着，散发着孤独的幽香。

让春天点燃春天，雨水在我的想象中渗进龟裂的土地，让我的种子，沿着赤裸的脚丫踩热的泥土，认路。

一些全新的乐器吹出古老的乐曲，一些乡土曲调伴着泥土的芬芳，伴着初春叶子飘送过来，听起来耳熟能详，成为春节的代名词。

我心中的雨水，是檐下不断线的珠帘，是原野上的一片白雾。

伴随着欢庆的锣鼓，人们在欢庆之余，在准备着农耕。

雨水似乎还与诗意有关，庄稼需要的是及时雨，盼望立春过后，会留下美好的回忆，即使自己再累，也盼着实实在在的雨水。

那是一个民族生命的源泉，庄稼不能负了土地，土地定不辜负农人。

惊　蛰

隆隆的雷声在天空悄然炸响。伴随着雷声，美好的寄托都在冬天苏醒。

隐隐的春雷在天边滚过，传来一个响亮的主题。像是一种呼唤，又像是谁的手在轻轻抚摸农人的记忆，温柔得让人欲罢不能。

无数的动物昆虫的梦被惊醒，在泥土深处伸伸懒腰，揉揉惺忪的眼，收拾好行囊，准备返回故土。

最惬意的事情是到草原去，看着惊醒的昆虫沙沙地奔跑，奔向自己的春天。到田野去，目睹巨大的雷声穿过多情的黄土地，让她深处巨大的躯体焕发勃勃生机，拔节出生命的主题。

一切的生命都在潜滋暗长。

静耳聆听春雷巨大乐器的轰然作响，目睹它站在年初的制高点发号施令，无论是那嗜睡的城市人们，还是沉默不语的昆虫，都在崇拜高高在上的雷神。

生命只要梦醒着，就会蓬勃生长，生长出智慧的风景。

透过滚滚的春雷，我意念着，在一个蒙蒙细雨的季节，农人们开始了劳作，用辛勤的汗水编织对黄土地痴情的梦帘。

一望无际的田野深处，埋藏着古典人的节气，总以为雨水会给它们温暖的浇灌，但总是被寒潮打个措手不及。

春　分

春暖花开，莺飞草长。一半白天，一半黑夜，时光老人手持一把剪刀，公平地裁开了一天的分割。

春分阴阳相半，春分日祭太阳，黑白分明。

春分祭日，秋分祭月。

此时的黄经是360度，是自己人生的最大数值。

多么高贵的时令，农人知道，怠慢了春分，就会怠慢整个春天，谁都清楚，怠慢了春天会是怎样的结局？

北方的仲春，永远生长着生命的传奇。回归的大雁不会迷路，它们能闻到旧巢和故土的气息。

这个季节，农人的掌心开始发热，唾沫与锄杆的默契，加重了锄口的力度，人们开始走向广袤的黄土地，和土地促膝交谈。

农人知道，一切农作物正沿着既定的轨道，在开足马力，勇往直前。一切心事在阳光底下都没有秘密，都是按照节气中按部就班的程序，一粒粒种子正在太阳雨中晾晒。

节气不等人，春宵值千金。我把惊蛰的画像画在篱笆上，让人们领取春天的奖赏。

乡村的亲情远远胜过城市，乡村许多事物在阳光下摊片，没有结出丰硕。没有雨水，一切福泽的来临，都是没有盖着节气印章的一纸空文。

早春的雨，带着泥土的芳香，轻轻地从黎明中飘洒而过，细腻如酥，又轻盈朦胧，给人无限的希望。

河堤岸边的杨柳开始返青，天上的云彩带着画卷飘浮而来，篱笆墙里再也锁不住桃花灼灼，万物一片景明。万物的灵光正在升腾，春风十里，送爽着春雨的绵绵。春天到来是铺天盖地的，无论是喜悦或者忧伤，初绽还是盛放，都是扑面而来。

春分的青草，经过了一个冬天的深藏，旺盛地生长着。在午后阳光下，席地而坐，鼻息之间都是清透的芳草香。

惊蛰翻土，扑面而来的是泥土的芳香，是季节给予种子最高的奖赏。

我在横直相间的阡陌里，探索着春天的奥秘，献上对黄土地的顶礼膜拜。

清 明

这时节的雨总会把中国的历史浸湿几页。

透过纸幡飘摇，透过青烟袅袅，一些浅浅的愁，深深的思念，总萦绕在心头。

中国人也许就会少了几丝忧郁，几多睿智，增添了几多浪漫。

后来，这个节日演变成传统节日，成为公休假。清明不仅可以扫墓，可以怀念逝去的长辈，更可以到郊野踏青了，让城市禁锢的心灵在青青的原野上释然，融入青山绿水。

多少目光被一根细线牵到了高空，多少喜悦在手上不停地延伸、再延伸。让我们去看四月里碧绿的草与洁白的云吧！因为如果错过了草之绿与云之白的完美结合，就再也没有什么景色可以领略了。

为农而耕，在一个杏花满头的时节，我看到无数的麦苗呼啦啦地响应着，在原野里精神焕发，争相生长，起身，多么形象多么动感，它们像是赴一场伟大的约会。

总是以最热忱的明媚感染每一个人，让所有人为之展颜。

迎接的是春明媚，是细腻，是思念，是忧愁，也是离别的惆怅。

沉默只是短促的琴弦，尘土蒙不住各自的心情。

这时节，渴望一场暴雨，让我随着屋檐的滴答，一起沁到梦里头，追逐梦中的浪漫。

我漫步在荒原，一点一点掏尽清明的抒情。

你的叶脉偾张，让我顺势而舔，舔尽了最后一滴清明酒，品尝清明美好的赠赋！

骑在牛背上的牧童见证了我的痴情。

谷　雨

四月的雨纷纷洒洒，那不是雨，那是一粒粒赐给人间的谷子，那是黄金的颗粒。

让我们抬起头，想象那是何等美好的场景！从天而降的谷雨，带给我们的不是百般惆怅，而是希望。

这是暮春的最后一个夜晚，纷飞的布谷鸟殷勤地提醒着人们，到了播种的好时节。

谷雨前后，种瓜点豆，种上农人的希望，然后渴望它长成一个民族的口粮。

互联网反复推送着谷雨的微信，让在黎明中走向原野的农人知道，让扛着楼犁暮归的老人知道。

季节就是这样编排的，年复一年，日复一日，人们赖以生存的农作物，都抢在这个时节生根、发芽。

在万籁俱寂的夜晚，你会聆听到大地上种子拱破地面的声音，这是庄稼拔节的声音，在雨的伴奏下，绿色生长成恢宏的生命乐章！

谷雨的最后之夜，送走了春天，悄悄地迎来多情的夏天，回眸间的泪雨滂沱，是对暮春的怀念。

立　夏

微风徐徐，挡不住夏在向我们款款招手。

从这一天起，夏开始沸腾起来。蝉鸣、蛙声汇聚成一曲合奏，在欢迎夏的到来。

如同男子汉的立志一样，立夏充满了涌动的激情。在田野深处，在房前屋后，生命在你的梦境里响成一片。

春雨浸泡的土地，既肥沃又松软，众多生命开始潜滋暗长，焕发着勃勃生机。

春天播下的种子，此刻正在疯长，更有多情女人的细心呵护，穿着粉红的睡衣，傻傻地倚在南窗，吟诵着一首情诗。

比春天强烈的阳光将树叶的阴影印在地上，照在农人耕作的额头，影影绰绰，和着辛勤耕作的家畜，成为美好的春耕图。

夏随着万物生长站立起来的季节，万物正披着阳光和热量，开始热烈地拥抱着古老的季节，进而奔放起来。

乡村的背景深处，是农人被烟熏得发黄的指缝，默默地指向岁月流逝的轨迹，指向流逝的陈年旧事。

抚摸岁月褶皱的脸庞，油腻腻的犹如农人一生的奔波。

立夏，无须盘问的根，此时正躺在月光的怀抱中，聚着生命赖以繁衍的能量。

小　满

古人给了我们无穷的想象空间，时间与物象，仿佛能给人有握在手中的感觉。

沿着"一候苦菜秀，二候靡草死。三候小暑至"的歌谣一路远行，我们到达了小满。

这是一个将满未满的季节，一穗玉米，虽然颗粒饱满，却能咬出浓郁的芳香。

在初夏的阳光洗礼中，籽粒在农人精心的侍候之下，开始灌浆。农人的眼里，满眼是麦子嫩绿芳香，它们伸出微黄的须，在风中轻摇着，带着乳香的气息，令农人心动神怡。

在这个季节，五月的雨如约而至。趁着这及时雨，种子在纷纷入地，这是亲切的回归，去年的果实，又以种子的身份演绎又一轮成长过程。

农人的目光，既含着喜悦，又含着淡淡的忧伤。

此时，坐火车飞过田野的我，偶尔会见到农夫正在田中插秧，点点的嫩绿在风中，成为农耕的风景，特别温柔，很是动情，甚至让人忘记了那麦穗上边点缀的那些汗水。

鲜花舞动着身姿，在尽情伴奏。

芒　种

我在庭院种下茄子、辣椒、西红柿等蔬菜。而在不远处，大地涌动着麦浪，微风荡漾浪漫的气息。麦浪是庄稼人眼中的炊烟，是农人新手缝制的新娘的衣裳。

在历史那边，农人挥舞着镰刀，在空中画出美丽的弧线，麦子随着农人回家，原野里留下麦茬，那不是麦的伤口，而是麦的小嘴，轻轻吐着麦香。

芒种，多么美的名字，南方稻子的背负是芒种，东边麦穗的承载是芒种，北方的高粱波浪是芒种，城里、城外那些忙忙碌碌的人，也是芒种。

芒种的六月，我凝眸远视，黛色山深处，轮回着生命的波动，

明眸深处，我们感受到四处流动的光芒。

破旧的平房改建成了别墅，也是在芒种这一天剪彩入住。而老屋的图片一直保存在我记忆的深处，犹如父亲的眼神，守候祖上千百年来的农忙

盛事和老屋。

芒种，农人们的汗水，源源不断地流向干涸的土地，流进碧绿的庄稼。

在某些特别的时候，我呼唤着你的名字，就仿佛把光芒种植于心。

夏　至

年迈的母亲告诉我，这一天的白昼最长，这一天拥有最多的阳光。

这一天祭神，祈求最好的太阳雨如期而至，悬在头顶，让每个人都公平地分享，清除病菌、饥饿与死亡。这一天像重大的节日，农人企盼太阳朗朗地照，南风懒懒地吹。

白云驮着阳光在大地上四处行走，阳光抚摸万物，像血液一样，流进根、叶、茎和果实。

庄稼人的手从来就没有闲着，他们的手为果实而生，为收获而生，他们在大地上呈上试卷，让阳光检阅。

夏至的云端上，仍是不变的乡情。近处的村道，远处的河流、山脉，和我身上的血液一样，追忆着浓郁的乡情。

夏至火热的乡愁，滴着火热的血，迸发成男子汉的阳刚。

夏风，掠过锈迹斑斑的镰刀，摇曳着黄河故道上无法抹平的记忆。

蝉鸣，这个沸腾的季节，告知人们，温度已达到高潮。

小　暑

农人把太阳举在头顶，感受着天气的炎热，人们在内心深处感受着对暑天的敬畏。

翻卷的犁铧腾起热浪。谁都渴望树梢摇动，让一袭凉风钻入湿透的衣背，谁都渴望山脚下的野花，带来夜的清凉。

但扑面而来的热浪，深深印在农人的脊背上，成为一个民族古典的农耕图。

此时，农田的庄稼也在备受煎熬，那是茁壮成长的烦恼，面对烦躁的蝉鸣，它们默默忍受着孤独，等待着最庄严的分娩。

头伏萝卜二伏菜，三伏还能种荞麦。此时的我也在依旧挥汗如雨，耕耘在不太肥沃的庭院，种植自己的梦想。

只是在落雨的黄昏，透过结满雾气的窗子，从雨中走来走去，看到那个孤寂的自己。

收割后的田野，我站在你面前，依然嗅到一丝麦芽的香味。

北方的农人们端着白花花的夏至面，展示着自己辛勤的劳作成果，犹如展示自己靓丽的新娘。

此时，好想到海边去旅游，去陶冶自己的心灵，然后泡上一杯绿茶，去看看大海中穿行的轮船，聆听遥远海边传过来的涛声，让一波又一波清洗着自己心灵。

小暑，度我走向人生的巅峰。

大　暑

一场大雨如约而至，天气步如三伏，人面临最难以忍受的季节，面临火炉的考验和大雨的洗礼。

一年中真正的热天到了，大地在喘着粗气。

人仿佛与天宫在斗狠，农作物在拼命地生长，农人们在辛勤地劳作。而城里的人早就躲进了空调的房间，笑谈房价的涨落。

此时，弥望着星罗棋布的村庄，像是浮在海中的岛屿，我们心静成为一片碧绿。

那是时空老人对劳作的最高奖赏，农人的汗水化作了这无数的稻粒，慢慢品尝劳作的甘甜。

热量继续积累，暑热之气在北半球的大地上大逞威势，一年中最热的季节到来了。空气被太阳炙烤，热将我们团团包围，无孔不入地紧贴着肌肤，身体里的热也在堆积，开始出汗，成了桑拿天的真实写照。

三伏是农闲季节。最惬意的事情是早晨的晨练，或者把自己变成一个跋山涉水的勇士，面对绿水青山指指画画。

最苦恼的是雨中还夹着冰雹，看着田野的玉米都被砸得躺在地上，农人们心疼地一棵一棵搀扶起来，犹如搀扶摔倒在地的孩子。

黄土地的男人像古典的勇士，来势迅猛，续写着人世间的阳刚和傲慢；黄土地的女人则绵绵细雨，温柔绵长，抒情地跳着广场舞；黄土地上的男人赤裸裸的情感没有遮拦，山里的女人则如出水芙蓉，饱含柔情蜜意。

这是盛夏的最后一个季节，大暑像人生的考场，芸芸众生则是考生，在考验对黄土地的忠诚。

立　秋

阴阳鱼在缓慢走动，如同慢慢消失的热浪，天空一下湛蓝起来。

微风所过之处，神清气爽，薄雾像梦一样笼罩着大地，村庄与河流显得那么安详，慢慢迎来每一个秋高气爽的日子，从树叶上看到了大自然正进入多彩的季节，颜色在悄悄渗入。

梦里醒来的时候，推窗，发现天上还洒着月光。我努力回想梦境，所有的情节竟然都隐没了，只剩下一个古老、优雅、安静的回廊，回廊里有轻浅的步声，千回百转才走到出口，原来出口的地方满天红叶，阳光落了一地。

立秋，一个响亮的名词，立志成为一生最美的风景。秋有秋的艳丽，秋有秋的成熟之美。

人们炖上红烧肉，在贴秋膘，补偿夏天的损失。看着北方汉子吃肉的架势，上古的农人在历史的那边露出了欣喜的表情。

立秋，枫叶被渐渐点燃，最后将变成一面面火炬。云层薄了，炊烟也薄了，池塘边的荷，在挣扎最终的热烈之后，黯然褪色的外衣，开始养育自己的子孙。黄土地的苞谷开始灌浆成熟。

镰刀依旧很锐利，农人们知道，待秋露湿了额颈，将会有一场更彻底的收割，去收获一年的劳作。

处　暑

我在寻找着黄道和东经150度的交会点，默念着处暑的到来。

黄土地开始放弃幻想，用感恩的双手托举出硕大的果实，回馈每一滴汗水，回馈每一个抱着希望的耕耘者。天空都变得清晰起来，秋天的天空，才更适合人类的幻想。

秋风是季节的先锋官，它携带着凉意，一波接一波地攻击，没有几个回合，大地的心就凉了下来。

又一次的成熟，在我们的心中幸福地酝酿，在乡下的田野上，红的更红，白的更白，黄的更黄，丰收的日子就在不远的前方等着我们。

暑气渐淡，秋意渐深，红高粱把大地点燃，晚稻也渐渐黄了，家家开始清扫谷仓，大地一片忙碌。

虽然庭院果实不是很多，但我的心底依然充实。如同生活一样，我们需要激情，但更需要在清醒中冷静下来，在劳作中体会快乐，反思自己的过错。

暑热，即将成为今年丰收的记忆，被人们永远珍藏在记忆深处，我仿佛看到农人布满皱纹的脸颊珍藏着诱人的微笑。

太阳，如即将熄灭的火山，渐渐失去昔日的温度，正在向着赤道的方向移动风开始猛烈地刮，不再有凉爽的感觉，而是让树叶越来越少了。

这只是一个季节的暂时告别，红红火火的日子，大自然捧出金灿灿的秋天，就连秋风中都带着果实的香味。

处暑，菊花心花怒放，一地的风景，一心的喜悦，一眼的诗行。

白 露

季节的刻刀异常尖利，一夜间，草丛上被谁抹白了，草叶开始枯黄，大自然便萧条了。

蒹葭苍苍，白露为霜。

枫叶经过世纪风的洗礼，流露出一种沧桑的神色。我站在这高高的海陀山上，俯视着繁花似锦的城市，任白云一波波地从脚下流过，站在云雾缭绕的山上，我闭上眼睛，隐约看见黄土地上的农人载歌载舞，在庆祝丰收。

原野像一幅巨大的风景画，是农人在春天和夏天的精心之作。现在，这些浓重的色彩一块一块地被抹去，大地越来越空旷，广袤无垠，藏在绿地的村庄裸露了出来，装满丰收的果实。

大地奉献了丰富的谷物和果蔬，家家酿酒，米酒的浓香濡染着乡村的深秋，濡染着浓重的乡情，大地也似乎有些醉意了。

喝一杯自己酿造的高粱酒吧，甘醇清香，回味悠长。

秋 分

这是一个让城里人有些沮丧的季节，这一天阴阳相半，昼夜平分，白昼越来越短。

一场秋雨一场寒，漂亮的姑娘已不再穿得薄如蝉翼。从西伯利亚过来的冷空气掠过华北平原，不断南下，改变着大地的温暖。城里的人们始终不明白，他们在追逐着什么，仿佛要把荒原的荒彻底地甩掉，去追逐江南的富庶和温柔。

217

金气秋分，金桂飘香，如果伫立在这样的清秋之夜，会感觉有些寒气袭身，夜风中的庭院，虽然香气飘来，却让人浮想联翩。

稻子熟了，沉甸甸的谷子垂着头，像在思考是否愧对农人的汗水，秋小麦要播种了，要抢在严冬到来之前，把它们的根须伸进泥土深处。

一边摘取着，一边植入着，这就是秋分，一个意味深长的时令。

季节老人正驾着古典的灵光，从广袤的田野里走来，从遥远的地平线上走来。被温暖的场面熏得流泪，眼窝越来越浅，眼泪越来越咸。

秋色平分，季节的天平上，是否分得我多一点更多的暖色，化作抵御严寒的能量。

寒　露

白露到寒露，虽然同时在秋天，但秋的味道更加厚重起来。

我蜷缩在别墅里，凝视着十月的天空，想象着季节金黄的色彩。

杯中的酒很烈，碟子里有几粒花生，桌上还有几本线装古书散发着墨香，毕竟有些不胜酒力，一碟的月光始终抵不住寒风的来袭，古书上有人的文章温暖不了逐渐寒冷的夜空。

一缕暗香，正试图拉近我与季节的距离，曾经消失的地平线此刻越发清晰起来，从农人的炊烟里缓缓起身款款走出，姿态诱人可亲，那是诱人的中国二十四节气的传说。

寒风乍起的夜晚，没有谁比一滴露，更能感知人世的冷暖。

在白纸黑字里赶路的我，见了粮食的种子，正从母亲的手掌落下，悄然落进夜的泥土中。

寒露时节，多少文人骚客，在他乡异土的旅馆望着一地的寒露，不禁想起故乡的月了，吟诵出"床前明月光，疑是地上霜"的千古绝唱。

此刻故乡的月，一定像那壶温热的酒，抵御渐渐升起的寒意。

霜　降

这是秋到冬的过渡，见到你很不容易。

乘着古人智慧的运算，让我和秋见上最后一面，然后和温柔的晚霞做最后的告别，有一天再看见同样美丽的影子，不管在何时何地，我都会想起你诱人的传说故事。

古老的歌谣随风而来，为了感觉夜色好冷，一股凉意自我的心头掠过。

走进阡陌的垄头，观看大自然精彩剧情的降落，感觉自己正深陷一场巨大的骗局，当大地尚有许多花朵吐出芬芳时，它们从天而降，不露声色，便将万物改变了颜色，落下大片的血浆。

毕竟是秋天最后一个节气，大自然从此将告别五彩斑斓的季节，进入严酷的冬天。

仰望霜降，我不禁有些凄凉，那些盛开的菊花成了这个时令最为骄傲的花朵，它们披一身白霜，花开一瓣，便撑落一瓣白霜，迎霜傲雪，经霜的菊花多么刚强、冷艳！

枯草霜花白，寒窗月新影。草枯了，凝结其上的霜却冠以花的名义，昭示着它的存在，人们对花朵是多么依恋。霜花是白的，透过窗棂的月影也浸着寒气。

立　冬

在不知不觉中，你露出冰冷的面孔，露出了大自然严厉的表情。提起季节更替的冷，裸露的手臂理应知晓。

一首乡恋曲，将秋季的心思由简约引向简约，大地冰封，打开了冰封雪冻的序章。

中华民族却并不畏惧冬天的来临，浪漫主义情怀使得先民们像迎接重

219

大节日一样，迎接着你的到来。

为花的开放而欢喜，为花的凋落而感伤，我们永远不能认识流过的时间是一种自然的景观。

立冬是那么严肃，冬天多么美。那枝头最后落下的一朵木棉，开得绝美。

草木凋零，蛰虫休眠，万物活动趋向休止。但勤劳的庄稼人没有停下他们的双手。

今冬麦盖三层被，明年枕着馒头睡。在庄稼人眼里，立冬也是希望的开始，大雪能将麦子喂得更青翠，根系更加发达。

立冬，百花谢幕，梅花却在雪中鲜红地绽放了。转动的春夏秋冬的经轮，春生、夏长、秋收、冬藏演变成自然规律。冬季是享受丰收、休养生息的季节，一波三折的风景，是灵魂并叠着灵魂，生命纠缠着生命。

一生都关于五谷丰登的故事。时令不会打折。

小　雪

北方无垠的大地，正被从远古之前飘落的那场大雪覆盖，每一片雪花，都在诉说着一个民族的悲喜交加。

大地洁白如初，旷野洁白，空空荡荡。大雪淹没了高山、大地，压松犹未得，万物俨然失去了生机。雪自信满满爬上枝头，化身为雾凇，营造着人间梦境。

我独自来到雪野，阅读被大雪掩盖的一切，那些被寒冷风干的树木呼啸着，寻找最初的自我。

万物早已收藏起它们的锋芒，埋藏在积雪中，只等来年春的召唤，只要仔细聆听，种子、根茎，都在泥土下悄然呼吸。

当阳光破窗而入，射入室内，我看见她眼神溢出纷纷扬扬的季节，推演着黄经的刻度，让我追寻往日的陈旧以及现实的繁杂。

一场祖传的雪，在日历上内敛，低调，蕴藏着谦虚的美德。

古典的寓言，油墨的芬芳，写着雪的温暖，冰的幽默。在那本线装书中熠熠生辉。

小雪，只是老天给人们送的一张请柬，真正的雪在后面尾随而至，越下越大。

雪后的村庄，孩童们穿着五颜六色的衣服，在堆雪人，男人们趁机秀一把刚性十足的肌腱，女人们也不以为然地穿上单薄的裙子。

小雪又到，大雪就不远了。

大　雪

雪闪动着轻盈的舞姿，从苍天记忆的深处悄然落地。

大地铺开一张宣纸，洁白无瑕。

风走在上面，一路写满了寒冷的注脚。

此刻，我独坐书桌前，凝望漫天飘洒的雪花，静静地阅读冬天的风景，任零乱的思绪随着白色的蝴蝶穿过天际的面纱，生长出青青的水草，组成生命的塑像，让世俗的风产生最初的萌动。

一种思念在雪夜中疯长，流露出久违的激情。

雪梦无痕，生命如潮。

透过岁月，我们的双脚沐浴在雪野中，体味着寒冷浸透肌里的感觉，在风与雪的桎梏中，提炼出生命的全部内涵。

大雪从中国的二十四节气中提纯，具象成洁白的偶像，成为双手捂住嘴唇呼出的那团雾气。

萧瑟的风，吹瘦了烟火，拉长了乡愁。

熟悉的山水，载不动母亲厚重的叮咛。

带着心中那份牵挂，在这个没有雪花的季节里，遥望归家的路。

踏雪无痕。走过雪的风景线，我们的人生更加鲜亮无比。

冬 至

不是一年中最早的节气，却是被中华民族的先民最先发现的节气。

冬至，你风卷残云般吹来，像黄土地的汉子一样豪迈，似巍峨的高山一样雄浑。一路南下，气冲霄汉，所过之处，漫卷着黄沙。

被冷风吹痛的人，牵念生出的翅膀，接纳不了摇曳的云烟，渴望生出逃离的意念。

冬至，是我头顶上飞翔着季节的神灵，目光中飘逸着历史铿锵的血花和烟云，脉络里流淌着不息的血液，骨子里灌注了百折不回荡气回肠的血性。

冬天有寒，有凛冽的北风呼啸，有望而却步的白雪皑皑，更有万物都在思念的春天。

那层洁白结痂，便是生命的底色，看似简单，实质丰盈，只有在素淡的底色中，才能彰显出彩色的生命画卷。

这一天白天最短，思念却最长，年迈的母亲端来的一碗热气腾腾的饺子，透过氤氲的湿气，遮住了我们蒙眬的双眼。

母亲脸上爬满的皱纹，正讲述着岁月的典故，精心雕刻着我们人生的每一个时光，每一个思念的纹理脉络之中，催生着亲情、牵生着对黄土地永远的情恩……

冬至也是四季中最后一个节日，也是大自然对我们的考验，冬至阳生春又来，让我们悄悄地把过往收藏，把所有的忧伤和烦恼忘光，祈福来年一路顺畅，实现心中期盼的理想！

天若有情天亦老，人间正道是沧桑，这个冬季带给我亦幻亦殇。

小 寒

昔日温暖多情的黄土地变得如此坚硬，北风像刀子一样刺痛人的面孔，但庄稼人不会放过任何培植生命的机会，仍在塑料大棚中不停地劳作。

小寒胜似大寒，深冬孤独地审阅夜的寂静，冷达到了极点。

岁月滋生了什么，时光丢掉了什么，季节遗忘了什么，一切都无痕可循，一切却有源可依，一切可以在二十四节气中找到答案。

亲情和乡情，都盘根错节般的藕断丝连，就像捡起飘散的乡音，别在农人的胸前。

此时，我正在冷风刺骨的冬夜做梦。在冰封的日子里，生命都会不停地流动着，一片风雪的深处，总有不屈的脚步。

小寒日，潜藏的万物在冬眠状态中养精蓄锐，我们等待来年的春天！

渴望进入冰雪的角度，我微微颤抖着，写下你的名字。

这是一种大自然体温的走向，脉管里的阳光，从来不告诉我路程，只告诉我开始的静默。

我们已进入倒计时，冰雪，除了冰雪的模板，还有在冰雪里回归的蓝和绿，暗香涌动的一种激情。

本想给你留下一个冻僵的幻想，你却给了我一个漫长的冬季，小寒之时，让我提前进入大寒。

顺着木屋里温柔的光线，你痴情的目光和朗朗笑声，把整个冬天融化，我亲眼目睹了整个融化的过程。

大　寒

冰天雪地，天寒地冻。看不到丝毫的忧郁，却在一年中最充满喜气，因为春节就在这一时令里。

大寒时节，哪有寒意？是一个欢喜连着一个欢喜。中国的二十四个节气完美收官，即将开始一个轮回。

大自然的制高点上，我们互相依偎取暖，毕竟，冷也冷到顶点，高也高到极限了。岁末的风雨实在太冷，端着发黄的老照片，思忆瞬间会僵冻。

凝重的呼唤，越发冷漠，甚至遥远。

山村，以不死的心日夜修炼，拯救逐渐颓败的景象，将躬耕的身影叠映进茫茫太空。

走在民族的街头小巷，阳光显得格外的羞涩，任由太阳的轨迹围绕地球绕行，建立起新的坐标，悉数携带着中华民族那条老路，那棵老树，那间老屋，和中华民族古老的情怀……

大寒以高昂的头颅，讲述着一个民族的自豪和骄傲。

大寒，会在每一个瞬间，享受到生命的饱满与丰盈，在生命的轮回里互视。

穿过一辈又一辈的夙愿，中国二十四节气年复一年地在泥尘中冰封，融化，上长出智慧的风景，让中华民族巍然屹立于世界东方。

家

两颗年轻的心激烈地碰撞之后，缠绵的情丝便绾成了一个硕大的结。

沿着红尘的轨迹，人生露出了本来的色彩，最终沉淀出人世间最美好的词汇。

伴随着传统的乐曲，两只年轻的手紧紧牵在一起，两颗心被一切融化，化作家的浓厚意象。

一切都充满浓浓的暖意，一切都在成为梦中的追求。青春注入了强劲的动力，不羁的流浪有了最终的归宿。

家成了幸福的港湾，成为人们魂牵梦萦的精神支柱，一种召唤的象征。

锅碗瓢盆的演奏与人世间的亲情交织在一起，构成了人生的万花筒，让世界精彩起来。

长者是家的支柱，孩子是家唯一的希望。烦恼和沉闷只不过是家的小小插曲，因为温暖是家最永恒的话题。

家是一种思念，浓缩着人世间最纯真的情感。家是一种牵挂，即使浪迹他乡的游子也会把自己的家系于心头。

家有自己的欢乐，也有难言的伤疤。家是一种寄托，最为贫穷的人们也期盼自己的家辉煌起来。

拥挤的家，充满浓郁的亲情；

孤独的家，回味着往日的痛苦；

祥和的家，成为千万个家向往的偶像；

不幸的家，写满了苦辣酸甜的往事。

在人世间，最为骄傲的是自己的老家，那是人们心中永恒的情结。

母亲的手

一

母亲的命很苦。

生我那年，母亲在一次做饭时，羊角风病突然发作，一双好端端的手在粥锅里煮了半个多小时。待父亲赶回时，母亲已失去了一只手，另一只手也已变残。

不到三十岁的母亲成了残疾人，开始接受命运的无端挑战。继而，以泪水和迷惘注视这个世界，用半残的身体支撑这个家。

奶奶的心也真狠，面对母亲的伤痛竟然没有半点怜悯之心，甚至差点把病残的母亲和幼小的我赶出家门。她最终还是没能这么做，大概是担心受到良心的谴责。

母亲十分想念那双好手，那双曾给她带来幸福和欢乐的手，但毕竟已经失去了。据说，母亲为了那双手常在夜里哭泣。那时的我躺在母亲伤残的胳膊上，听着那些闪烁母性的词汇，安然入睡。根本不知道母亲内心深处痛苦的滋味儿……

这些都是听父辈讲述的。

二

我上学后，才体味出母亲的伟大。

我们家住在七里墩，是个只有五六户人家的自然村，我要到一里以外的村子去上学。父亲是村干部，他的工作太忙无暇顾及家中的一切，便把家甩给了残疾的母亲。

早晨，母亲给我背好书包，为我揣上热腾腾的玉米饼子，把我送上弯弯的小路。放学时，母亲又迎出老远，等待着我回家。

每天我上学读书，母亲则用伤残的手操劳着家中的一切。每天她要担水，做针线，然后，做好饭菜等着我们。至今都令我惊叹的是：残疾的母亲竟能使用水井上的辘轳打水，能使用独轮手推车到广积屯村去磨面，然后，给我们包好香喷喷的饺子。甚至，在夏季无柴的季节，母亲竟用独轮手推车、用镰刀割回满满一车蒿草，待晾干后做饭用。

难道这不是奇迹吗？一种用毅力和汗水创造出的奇迹。母亲用自己的聪慧，又生长出一双无形的手，一双被父老乡亲交口称赞的手。

母亲做的衣服样式新颖，很多人向她借样子。

母亲做的饭菜色香味美，乡亲们都爱吃。

三

母亲已近六旬，虽然满脸皱纹，但依然笑对人生，从不承认自己的衰老。

我在城里当警官。母亲依旧用伤残的手为我做饭、看孩子，每日盼着我早点回家。

我渐渐发现，母亲对售货员的工作产生了兴趣。一天晚上，她终于道出了心声："我想开个代销点，为乡亲们做点事儿。"

我和妻子惊诧了。父亲也大惑不解："家中并不缺钱，你这是为了啥？"

最终，母亲力排众议，当了代销点售货员。我不明白，只读了几日私塾的母亲竟对商品价格了如指掌，且能快速计算准确无误。

每日，我望着忙碌的母亲，心中很不是滋味。

我感谢母亲，她用残疾的双手把我养育成警官，给了我生活的启迪，塑造了我强大的精神支柱。

现在回味起来，我才体味出：母亲那双智慧的大手的魅力所在。

父亲的背篓

父亲的背篓挂在柴棚的墙上，时间久了，便凝成一幅发黄的版画，在柴棚的一角散发出淡淡的幽香。

无风时，父亲常来翻阅这张版画，目睹那面逐渐剥落的墙壁，让苍老的回沟讲出古远的童话，唱出一个山民的人生最强音。

父亲的目光深沉凝重，明眸中闪烁着如梦的情结。

背篓是用山里的荆条编制的，做工精细，古色古香。母亲又用灵巧的手编织出一条腾空的巨龙，饱含着母亲对深山的浓浓的情愫。而今，虽然背篓已陈旧不堪，父亲却始终爱如珍宝，很少示人。

据说，这只背篓伴随父亲度过了几十年，曾用它背过游击队的弹药，背过改造山河的铮铮誓言，也曾背过我们幼小的如梦年华。

曾背出过幸福时的欢乐。背出惆怅时的痛苦。

两条青藤扭成的背带渗透着父亲辛勤的汗水，也浓缩着父亲对山乡博大精深的爱恋。

人生如山，旅途艰辛。一只背篓透着父亲坎坷的岁月。

如今父亲苍老了，便坐在村头，观看村人们背出山中特产，背回大把的喜悦。父亲饱经风霜的脸上露出浅浅的笑。

在一次搬家途中，我们把父亲的背篓碰破了，父亲却无言地哭了，默默走进山乡，割回荆条坐在当院，精心地修补那只背篓，如同重新编织自己的历史。

望着苍老的父亲，我的双眼注满泪水。

梦中的伊甸园

梦中的伊甸园温馨而神秘,如朦胧中飘逸的海市蜃楼。从你兴奋的目光中,从你款款的足音中滑落,坠入记忆的深处。

唯有那棵高大的橄榄树,乘着浓浓醉意在香风的簇拥下,闪烁着一枚枚果实,在静静地诉说着什么。

据说,这种果子的味道很苦,很涩。

这时,信手挽一缕相思,漫步于柔情的氛围中,把两颗年轻的心放在月光中沐浴,静静地去感受爱神的召唤。

诗一样的夜被你亢奋的情绪所感染。

情人谷里弥漫出一片朦胧,令多情的神羞红了脸。多一些野性,少一些羁绊,爱的精灵自由而酣畅,激起片片纯情的浪花。

听,那饱含激情的恋歌,如一朵云,似一团火,笼罩于你妩媚的脸庞,奔驰在感情的地平线。

看,那诱人的风景,似闪电划破苍穹,大片的相思林中繁衍出焦渴的等待和阵痛,令翻卷的云自豪、陶醉。

梦中的伊甸园,感情茂盛,果实溢香。

此时,无须去追忆蹉跎的往事,不用再去聆听夜幕中的枪声。

梦中的伊甸园,属于你,属于我。

爱情年鉴

把相思的日历装订起来，漫长的守望便化成一串串爱的咒语，在青春的背景里，化成一种风景。

就这样，在爱神的圣像前，你我凝眸对视，默默体味爱的韵味，探索爱的内涵，彻悟爱的真谛。

就这样，在家的温馨氛围中生长出了锅碗瓢盆交响曲，生长出了牙牙学语的欣喜，你我共同面对生活的挑战与担当。

于是，一盏盏缠绵的夜灯，构成了相偎相依的缠绵，一个个日子写满了生活的思考。让一年四季的风风雨雨，沉淀成永恒的祝福，任青春的冲动在感情的原野里奔突，生长出动人的画面。

掬一片处子的情愫，点燃爱的篝火。爱憎分明的影子在夜幕中楚楚动人，散发出袅袅的余香。

相聚虽是片刻的欢愉，但早已使长久焦渴的你，富足至极。三百六十五日的守望，三百六十五夜的思念，写在爱情年鉴的每一页、每一行。

漂泊的日子固然很多，但透过如烟的往事，相随的影子却始终伴着你远行，在陌生的角落。

孕育出一个丰满的梦。绿草丛中，你依旧满目含情，情意绵绵。

以自己的痴情，吻去相思的泪痕，让力的冲动迸发出生命的本意。结出人生的真谛。

一部厚厚的爱情年鉴，不仅写满了爱的呢喃，更写满了不尽的牵挂，写满了永恒的祝福。

哪怕是路断天涯，海枯石烂，爱情的年鉴也能伴随你找回不老的自己。

致一片落叶

虽然不再是人们心中的偶像，却依然吟唱着绿色的交响曲，惹得严霜红了双眼。

历史之轮碾过季节的沟壑，秋正在笼罩着大地。你已失去了往日的光彩，绿色不再将你的那个梦托起，只能撒下大把的惋惜。

唯有枝头的果实得意扬扬地袒露出丰满的胴体，引得蝴蝶忘了扇动翅膀。

此时，所有的赞美诗都被金风吹得响亮，被蓝天洗得清澈，唯有如泣的细雨，诉说你此时的心境。

不再追忆逝去的一切，你的生命已有了深刻的内涵，你的经络依然清新似水，依然涌动着对生活深深的渴望。

飘零是对再生的寻觅，并非是对人生的绝望。

勇敢地去叩响大地的心扉吧！你并没有结束那段历程，没有沮丧和绝望。你和美丽的果实悄声告别，然后庄严地离去。

山谷的回声是凝重的，拨动阳光的琴弦。

金色的风为你送行。

心中的版图

你心中的版图很小，也很大。

那是一张生长中的版图，是绿色生命激起的创作灵感，是年轻欲望在热血中浸泡出的画面。

线条粗犷，包容三山五岳，包容五湖四海。

色彩明朗，饱含着你对生命五色土深深的渴求。

一只鸽子立于你水草般的睫毛上，翘着羽翼，在远眺无边的疆域。

无言的色彩虽然锁住了动听的歌声，却抹不掉你对那片热土深深的眷恋。

此时，唯有不知疲倦的风在吹来吹去，你心中的经纬线上却始终定影着绿色梦幻的立体交响。

你心中的版图，很壮美，那是你额头上古铜色皱纹编织出的五千年的文明史，是心中的母亲河动情吟唱出的壮丽诗篇。

穿过那片透明的圣液，走进版图深处，你雄健的躯体便化成绿色版图庄严的指北针。

古长城情思

泥泞的季节，我登上了那段古长城。

那是一段弯弯曲曲，坎坎坷坷的长城，虽已残破不堪，却在风和雨的围困下，袒露着大脑的回沟，继续构思着那部已经写了几千年的史诗。

在荆棘丛生的城堞下，我无意中发现一枚断箭头，那是一枚早已生锈的箭头。透过锈蚀的箭头，我的耳畔仿佛有无数支利箭在翻飞，旌旗如缕，残阳如血，仰面朝天的士卒，眼里涌出悲怆的泪水，在飘飘摇摇的野草里，一双空洞的眼，射向天空。

风凄凄，似伴它在荒野中的孤寂，草漫漫，似为它遮挡寒霜。唯有今日，才面对袒露的山岩和风雨中的我，诉说此时的心境。

凝视残破的古长城，体验着朔风粗粝的感觉，感受着中华民族的灾难深重。你身边的烽火台上有烽烟的燃起，你身后则是静静流淌的黄河和一望无际的大平原。

凝视着忠厚的城砖，脚下便渗出民工劳役的汗滴。烽火台上，仍有战鼓在咚咚作响。

古长城，没人知道你经历过多少生死搏斗，经历过多少征战风云，经历过多少刀枪火炮。在阳光的晾晒下，曲折蜿蜒的千山万水间，那一座座城池，屏障连接起来，何止千里万里。

也许用不了多久，它将溶化成岩石记忆的一部分，但它的名字早已和那段古长城一道镶进了历史的教科书。

正是你心中矗立着神圣的意念和不曾被岁月剥落的风骨，才使大山孵出黄土地的梦幻，映出一枚枚古太阳的金币，积淀出一个民族特有的光环。

雨梦一样醒来。

古长城露出了本色。

从此结束了一段历程，开始了一段历程。

山谷的回声本是凝重的，断箭头躺在阳光下，仍回味着自己的辉煌岁月。

我只好到古长城的另一端，去寻找同样的感觉。

日子

鸽子的羽毛渐渐褪落之后，日子便一天天从人们的渴望中，从弹指一挥间，在指尖悄然滑落。

然而，我们的记忆，依然沉浸在昨日的呢喃中，我们的双眼还依稀稚嫩，依然记着昨日那个金色的童年。

季节依旧镌刻着昨日的温度和红尘的标尺，让世人感叹。

那时节，我们在期待中，追逐着人世中的一切，任满脸鱼尾纹嘲笑世界的多情。

日子，从遍地的落叶中被风刮起，刮落。那挥之不去的蝴蝶，翅膀里都带着尘埃，让孤独的阳光迷乱了单纯的眼睛。

每一条河都是日子汇成的柔情，每一座山都是日子的积淀，我们在孤独中，跋涉在日子的高山中。

让额头上岁月的碑文，去祭奠逝去的一切，让多情的风去大声朗读日子的多情。

跋涉于那些平常的日子，我们在想，怎样让那些日月相残的日子，成为来生谈笑的风景。

黑夜里的红灯

把年轻的心放在墨汁中煮了许久，然后悄然捞出，你的身形便蜕变成夜的瞳孔，一种彩色的向往。

所有温柔的风，都从你眼角的海湾吹来，在夜空中散发着阵阵幽香，任善良的意象在寂静中发芽，繁衍出神圣的遐想，令孤独的山兴奋不已。

黑夜里的红灯，便成了在水中打捞出的太阳神，散发着耀眼的光环；继而，在浓烈的氛围中，把人们几千年的企盼浓缩成赤子淡淡的祝福，浓缩成一种凝重的脚步，让熟睡的人们细细品尝。

那盏灯，明亮而辉煌。

透过流血的记忆，依稀可辨别出的纯真的泪水和它的风雨人生，这盏灯正被无数年轻的手高高擎起，点燃远行的火把，逼退邪恶，在黑色的幕布中打造一个硕大无朋的方舟，讲述出美丽的传说。

黑夜中的红灯便成为一种正义的昭示，一群热血男儿人生的航标。

固体的风

固体的风，很绿、很浓，是一尊绿的雕塑。无形的手穿过季节的边境，穿过夜晚的墙，一直触摸到我的心底，发出清脆的响声，给人以陶醉和钟情。

沿着你急促的脉搏，我感到一丝爱的欲念，感到心弦的拨动和战栗般的痛苦。

固体的风，俨然是一缕爱的音符，我额上的白云被你青春的色泽溶化了，游浮，慢慢漂泊起来。

我仰视着你有力的臂膀，开始构想起恋爱的故事，然后，从容地将一些情节和语言，写进祝福的诗句，让柳叶读出声音，然后交给远航的白云。

固体的风，很多情，指挥绿色的树起舞，让宁静的湖面翩翩起舞，使所有的生命都亢奋地骚动起来，焕发出强悍的动感，把英雄和神的名字写进历史的教科书，使大地惊叹、山河动情。

与固体的风一同散步，我感受出他深沉而凝重的呼吸，体味出他博大富有的胸怀。

无形的手，拂去我记忆中的红纱巾，温柔的唇，吻痛我发烫的脸颊，流盼给我一个绿色的希冀，为我谱写出永恒的爱的主题。

固体的风，是大自然的精灵，我心中矗立的神。

故事还没有开始

故事还没有开始，便派生出许多悬念，令听者睁大了双眼，就连月亮也探出头来，想一饱耳福。

路灯摇曳，如醉如痴。

焦渴烘烤着期待，烘烤着你发亮的嘴唇。唯有夜风尽情地咀嚼着你手中的香烟，并不曾打破此时的宁静。

早就想讲那段鲜为人知的历程，讲一讲老刑警风里雨里的传说，但已近子夜，你仍未开口，惹得听客禁不住流出口水。

拧起双眉，皱纹间的疤痕点亮你思考的主题，注解出故事背后的深刻寓意。

夜色如潮，温风送爽。

一枚闪光的勋章摇曳着遍地的神秘，结构出一部东方的《福尔摩斯探案集》。

故事还没有开始，听者却很入迷。

你成了故事的主人公。

金风

震耳欲聋的掌声引出一支快节奏的圆舞曲，在浓郁的芳香中，蓝天邀白云共舞，温馨的风为之助兴。

秋的色彩生动起来，放飞黄土地多情的梦。

壮实的小伙，用满手的老茧捧着饱满的金黄，将一块五彩纱巾披于姑娘的秀发上，然后兴冲冲地钻进大山深处，共同去品尝秋天的喜悦。

唯有那位口衔烟袋的老汉，在火红的夕阳下，仍深情地端望天边那片白云，满足地体味着阳光和土地的价值，聆听着响彻沟壑的足音。

金色的风，终于引来了收获的季节，引来了可以扯着嗓子放声高歌的季节。

山路变短，白昼延长。

人们带着淡淡的倦意和对黄土地的崇敬，将大捆大捆的喜悦和沉甸甸的果实写进人们记忆的心底，写进那本绿色的备忘录。

金风，在朗朗地阅读着，讲述着一个响亮的话题和城里人鲜为人知的故事，然后，用人们盛开的朵朵笑纹，编织着生活的另一个新的故事。

走进你的目光

浓浓的相思，将你的一泓春水惊碎，滴落，凝成泪。

沿着那束柔情的目光，走进你的睫毛深处，读那片诱人的海，读你昨夜纯情的微笑。

我的思绪渐渐不安起来。

跳荡的文字，从眼角涌出，流泻在你深思的倩影里，然后凝成一叶五彩的小舟，悄然驶进我的心房。

在你的目光深处，我们筑起爱的小屋，把青春的梦做得好香、好甜。

记忆的字典里，你依然是爱写情诗的女孩儿，依然仰望蓝天、鲜花，把祝福的诗句写进白云，寄给遥远的我。

梦与梦搭起的桥，满载着超负荷的相思。

月光铺成的小路，渗透着你我浓浓的情愫。

我伏在你的目光深处，静静听着来自你心海的涛声，等待着一个时刻的降临。

秋雨的价值

秋天的雨，失去了人们的宠爱。

庄稼人的目光由惊喜变为惆怅，进而演变成一种哀伤。

但你却依然我行我素，淅淅沥沥，满目铅灰，弹奏着那首早已跑调的旋律。

缠绵得让人心碎，让人流着泪水体味你的价值。

五彩的季节在你的诉说中朦胧起来，叠映成人们匆忙的脚步和对阳光深深的渴求。

秋雨中，我徜徉着，任思绪纷纷扬扬，任腥风抽打我的衣衫，任火辣辣的目光烘烤记忆深处的绿荫。然后飘逸出一曲深沉的咏叹调。

秋雨，你并不悲伤，依然沿着以往的轨迹，渗进大地母亲的脉管，还原着生命的本色。

一阵凉风袭来，我仿佛感觉出，秋雨有了新的内涵。

她并不是残秋的哀鸣，而是在为来年的绿色积淀新的营养。

秋天的雨，似乎不再多余。

失落梦的山村

　　几句洋话，便冻僵了山乡古朴的感情，站在冷漠的目光里，你觉得万分失意，便悄然叠起曾经属于你的那个梦，和孤寂的黑夜一起失眠。

　　望着涌进山村的流行色，望着披肩发和连衣裙，望着闪亮的皮靴和扭动的腰肢，以及黄头发蓝眼睛的洋人，你披一件羊皮袄，将那个古老的梦揣进怀里，捂出汗，让漠然的心在你的目光中扎根，或躲在墙根，让旱烟袋沉甸甸地倾诉你几多的心事。

　　据说，你难过得哭了好几回。

　　失落梦的山村，被莫名其妙的烦恼困扰。诱惑来自何方，无人知晓，只有村边的青山开出金矿，挖出宝藏，你才感到一丝慰藉，露出苦涩的一笑。

　　但这时，打工归来的后生又透露出令你不能容忍的消息。

　　城里的男人和女人当着众人的面儿亲嘴，且动作夸张得出奇。

　　那个古老的梦彻底破灭了。

梦中情人

一豆灯光，膨胀了你不羁的灵魂。

一本诗集，写满了你惊世的思考。

那是黑夜中跳跃的生命，面对红尘，张开智慧的双翅，将寂寞中思考的轨迹凝聚成隽永的记忆。然后，用传奇的笔，写下一个个美丽的神话，让人们在你的诗篇中浮想联翩。

雨季，我们面对着苍天大声朗诵它们，而远在他乡的你却不曾听到这一切。

是谁，在你的诗篇之外彻夜难眠，泪湿衣衫。

是谁，向我孤独的心中投来闪亮的眸光，让我心驰神往，欲罢不能。

隔岸观花，我是你目光中古典的花瓣，是回荡在耳畔的袅袅余音，在遥远的时空里感受着生命的哲理，感受着青春的冲动。

尽管我们在命运的掌心中苦苦挣扎，却永远逃避不了分离的折磨。

从古道的驼铃到村庄里的老井，从南到北的旅程，有多少个难忘的日子，就有多少次倾诉从风沙和苔藓下剥离。

就如鲜花离不开芳香，我割不断对你的朦胧记忆，就像一处在疼痛中的创伤，只要你的目光稍一触摸，便疼痛难忍。

面对你流浪的脚步和自由的心，我以男子汉独特的方式向你表白，倾诉我的一腔衷肠，一片爱恋。

更多的时候，我则守着纯洁和寂寞，握着你的诗在狂风中奔走。

一旦我在等待中死去，就将葬在你的诗里。

一直到永远。

急流

漩涡与浪花碰撞，惊涛回荡在无处，进而化作激流远去的鼓点。这是一种生命的跋涉、力量的角逐。为了梦中不败的追求，你粉身碎骨，满怀悲怆。

当巨大的冲击力冲向无形的堤岸，坚固的山岩、大堤被无情地瓦解了，赤裸出大段大段的惊诧。让世界感知生命的存在。

奋进的潮头，分明是一幅立体的油画。

一切悲壮都孕育在急流的尖端，一切冲击都为了一个共同目标，让生命接受一次顽强的挑战。

以搏击者的姿态做一次顽强的抗争，以一片痴情开垦出生命的历程。

在生与死的较量中，无数的溪流汇集起来，以磅礴的气势冲向陌生的彼岸，化作壮观的风景。

世俗的风望着翻卷而来的急流，猝不及防，便随着汹涌的浪涛而去。

此时，仿佛没有谁能抵挡得住巨大的诱惑，没有谁能扭转急流的恒心。

淹没在急流中的枯枝败叶感叹着昨日的彷徨，被吞噬的懦弱的身影最终代表了一种无奈和失败，代表着颓废者可笑的结局。

急流是一种水的力度，以不屈的思想，谱写出流动的旋律。是一种澎湃的声音，以势不可当的形象，震撼着世俗的心扉。

为了追逐心中的梦想，你来不及观看养育自己的山色，来不及观看两岸的鲜花，便急匆匆打点行装，悄然上路。

透过汹涌而来的急流，我们仿佛看到，一种无形的力量正在升华，正化作撼动宇宙的力量，让红尘中思考的人们为之一振。

致野草
——谒鲁迅故居

江南一隅，你在三味书屋中，种下一株野草。

此后，虽然不是风和日丽，但在日月精华的孕育中，顽强地挺出地面，结出了一串串种子。

野草的种子撒在贫瘠的黄土地上，生长出一棵参天大树，景色蔚然可观。

野草生长在华夏大地，引起了强烈的共鸣，成为对新生活的热烈呼唤，成为对生与死、爱与恨、过去与未来、光明与黑暗的深刻反思，成为一种风暴到来的前奏。

野草成了巨匠，成为一个民族的旗手。

你将那颗探索之心交给门前的小河去冲刷，便洗涤出一条条闪光的格言。

野草高昂起黄土地的头颅，走进人们的视野，写出一个民族生动的血性。

观看冰解时分

坚硬的冰也会悲哀吗?

当回归的候鸟衔来温暖的阳光,多情的桃花便奉献出一片爱心。房檐上的冰溜终于经受不起春的诱惑,馋得流出了口水,冷酷的心也被感染,转变为一种躁动。

河面的冰层,再也托不起那个洁白的梦,被五彩的手臂抚摩得骨软筋麻,来不及再次回忆昔日的风韵,便被撕成了碎片。

仍不失一种风度,在最后的刹那,还冷静地打量一眼曾给它带来欢乐的河床,然后一步一回首地顺水而下。

冰解的声音吱扭作响,凝聚了岁月清醒的思考,渗透着日子拔节的主题。

此时,山顶的积雪竟没有被消失的同类吓倒,正兴奋地注视山下绿色的浮雕,露出了欣慰的微笑。

无情的就离去吧!

生得自然,死又何足惜!

积雪想到这里,便将全部的身心交给了生养自己的黄土地。

泉之路

　　从岩石里挤出的泉水，停在山的怀抱中，领略着初见阳光的快感，明亮的眸光中，闪动着智慧的渴求。

　　他们听了大山上的第一课，便迫不及待地举起用思念点燃的火把，背着路开始了一段历程。

　　在太阳的抚爱下，生命渐渐壮丽起来。那条路虽使你走起来很疲惫，但仍盼望在到达目的地之前，再一次经受心灵的颤动。

　　此后，你阅遍山里的森林、怪石，深深地看一眼抚养自己的阳光。匆匆打点行装，准备到山外看风景。

　　夜的垛口处，山风在为你壮行。

　　你想了很久，只有一件事没让你哭，那就是你拥有了许多许多，拥有了感情，拥有了阅历。可以从容地去叩响山门。

走向青春的坐标

逝去的如梦境一般，那是孩提时的童真。

当绿色成熟的时刻，你已不再依赖父母的双手，在一个风雨交加之夜启程，带着朦胧的躁动。

告别了生养的乡村，开始了艰难的跋涉。

你说，要去闯世界，要透过喧闹的世界，去寻找人生的坐标。此刻，青春的路口已被涂得五彩斑斓，如同一幅印象派的油画、一个智慧的迷宫。

鲜花与毒草同时向你招手，歧途就在你的脚下。

唱一曲哥哥你大胆地往前走吧！不要怕丛生的荆棘刺痛双足，不要感叹岁月的蹉跎和旅途的坎坷。

透过荒漠和沙丘，透过风雨的人生，依然可看到成功的画卷，依然可生长出常青藤的意念。

拔节出勃勃生机，在青春的坐标上开出艳丽的花朵。

那时的你好惬意，竟然忘乎所以。

据说，后来，你把那束鲜花轻率地送给了一位妙龄女郎。

夜读《诗经》

铿锵有力的汉字，在历史的长河中，闪烁着智慧的光芒，透过茫茫的夜空，《诗经》从劳作的人群的口中，簇拥着窈窕淑女，在斗室慢慢飘过，散发着淡淡的墨香。

那些伐檀的汉子，高举起斧头，传递着诗歌的种子，而叮当作响的伐木声，则讲述着一个民族对古典艺术最初的追求。

随着树木倒下的节奏，人们把美好的向往写进诗歌，让那些简单的文字产生丰富的寓意；于是美轮美奂变得如此的纯朴动情。

翻动诗歌的大典，我们仿佛看到，无数采莲女子把美好的爱情采撷到自己的心田，采进文明的摇篮；而贪婪的硕鼠则在人们的诅咒声中，越长越大，让当今的人们仍隐隐作痛。

在寂静的夜空中，轻轻翻动着诗歌的最初的节奏，一位圣人在历史的那边，挥毫写下平仄的音节。将民族的经典谱写出古典的乐章，让历史传唱。

而在水的一方的爱情也随着潺潺的小溪，走进现代的文明，让历史动起情来。

解读红尘

一

那是一片充满诱惑的土地，一个充满欲念的世界，每一粒尘埃，都闪动着诱人的光彩，每一粒尘埃，都渗透着无穷的玄机。

在太极图的映衬下，混沌初开的世界，两只鱼的眼睛在不停地闪动着，感知着万物的轮回，渴望着横空出世。

所有的生命都在不知不觉中诞生，阳光暖融融的，天空飘浮着祥云和浓雾。水悄然流过沧桑的记忆，在山谷的回音里汇聚。

有闪电切开你大脑的回沟，狂暴般的激情在回荡，震天动地，有雷声在红尘中炸响。

红尘，一个生命的摇篮，一个孕育了智慧的世界在万众瞩目中，裂变成两极的缩影。

当我们的生命成为其中一部分的时候，当我们赤裸着向这个世界发出第一声哭泣的时候，我们开始感到红尘的伟大，感受到其中的多情。在你的感召下，我们的生命变得如此多情。

一层厚厚的红尘包裹着人世间的万象，一切都那么虚幻，虚幻得那么可怕，一切都那么真实，真实得那么遥远。

人游在红尘中，犹如生活在鱼缸中的鱼。

一个生命的意象在红尘中显示出本色，我们在祝福声中，大声朗读着你诱人的色彩。

二

解读一个美好的世界，心中充满幻想。

一个人的出生本身就是红尘的召唤。在经历长久的等待后，梦中的我注视着丛林，在河的两岸粗犷地生长。渴望红尘给我们带来无数美好的希望。

我们把每一声祝福都刻在记忆的深处，在人生的每一个渡口留下片刻的眺望，然后从容地走向春夏秋冬，把自己的一切献给为之而痴迷的世界，献给阳光普照的天空。一组金色的旋律，在茫茫山峦中回响。

欲望之火点燃了红尘的一切，我们翻开黑色的土壤，种子首先在心中萌发，我们不停地挖掘与创造，领略其中的艰辛，把收获的喜悦悄悄写进你丰富的表情，铸成我对你全部的感情，相思到永远。

三

欲望是最丑陋的面孔，在经历反复的陶冶之后，面孔愈发狰狞起来。

一个个背叛红尘的人，使得红尘中显现出若干扭曲的灵魂。有的人在蚕食着同类，有的人在不顾死活地聚敛着他人的财产。有的人拼命发挥着自己变态的智慧。在红尘中艰险地、狡诈地粉墨登场。

扭曲的灵魂亵渎着红尘中的一切，也亵渎着自己的灵魂。

四

所有的人都在解读红尘。解读向红尘索取的秘籍，解读对红尘奉献的价值。

感受着生存与死亡的岁月，感受生命的艰辛与伤感。

红尘的深处，布满了陷阱，且伪装得十分巧妙，稍有不慎，便会被红尘融化，让独行的人们变得小心翼翼。

红尘中的旋涡多么冷峻，像深不可测的命运，我将最后一缕牵挂抛进其中，我看见了远处的灯塔在向我招手，指示出生命的航标。

打工仔

正是为了心中不悔的追求,你提着简单的行李,离开了温暖的土炕,走出大山的视野,沿着梦中的轨迹,寄居在城市的屋檐下。

干城里人不愿干的活儿,吃城里人不愿吃的饭菜,甚至面对城里人的目光,你也只能把自己的梦想埋藏在内心深处。

你的到来却给城市带来了一尘不染,生长出城里人没有的智慧。

以一颗质朴的心贴近都市的脉搏,以顽强的体力检验着自己的人生价值。

面对五彩的都市,你曾渴望成为其中的一员,甚至想成为主人公。

但无情的世俗筑起了无形的堡垒,尽管你生活在喧闹的都市,但强健的你无法跨越这道鸿沟。

闲暇时刻,点燃一支劣质烟卷,思念着家乡的土地、庄稼和年迈的父母。

种植一种信念,生长出青春和活力。

乡下人廉价的汗水滴落了,在都市的一隅绽放出智慧的花朵。

楼群如六月的高粱,在你的汗水中茁壮成长,逐渐接近天空。

都市中闪亮的街灯,镀亮你劳作的剪影,也把你陌生的身影写进城市的记忆。

当北方的第一场雪封冻了工程的进度,当都市中载歌载舞的男女欢迎新春的到来。你带着丰收的喜悦和沉重的思考消失在城市的视野。

这时你才明白,你原本不属于这座城市。

我的情歌（八章）

等　待

你从心灵发出的信笺，火一样烘烤着我的记忆。

你远行的日子，我面对残缺的心境，独守着情感的小屋和梦中的寄托，放飞一个美好的祝愿，呼唤着你遥远的归期。

那是苦涩的等待，我在孤寂中等待着，等你的足迹漫过我的梦境，等你处子般的目光再次灼痛我的肌肤，等你眼中的相思豆悄然坠地，生长出纯粹的风景。

岁月如潮，人生如歌。

尽管日子汩汩流过我的前额，尽管滚滚红尘反复冲撞我的灵魂家园，但我青春的航线上始终挂满了思念的旗帜，我在一次次涨潮中打捞着你的面容，在梦中杜撰出许多关于你的故事。

刻骨的爱需要在等待中度过，纯贞的情始终写满思念的箴言。

透过遥远的星空，我把目光深深切入夜色，静静体味着你此时的心境，以想象之笔，续写出你梦中的童话。

柔情似水，佳期如梦。

等你的日子里，伫立在爱河的我芳心依旧，等待着爱的风景线上结出的青涩之果悄然落地。

让世界战栗。

读　你

在街头一隅，我以焦渴的心境静观一棵树的姿态，流行风是最好的见证。渐渐地，我冲破了夜羞涩的目光，开始大声朗诵那些铿锵有声的文

253

字，和其中的精彩的章节，震得红尘四处飞扬。

你犹如一首隽永深邃的诗，通体环绕着绿色的光环；

犹如一幅寓意深刻的写意画，每一笔都蕴含超然的意境。

真诚的扉页背后，是一篇篇注满情感的散文，激情四射，光芒四射，充满无穷的遐想。

读你，我被你缠绵的真情所打动。在憧憬中，我读你眉宇间镌刻的雄性的文字，读你眸子里燃烧的青春火焰；

读你在夜幕下思考的诱人的姿态；

读你与命运交谈时的动人场面。只有读你的时候，我才感到日子这般充实，生活这般丰满。

夜深人静时，轻轻阅读你的心语，我的热泪夺眶而出。那不仅仅是对她的思念，更包含了对你的疼爱。

夜色阑珊的时刻，面对那些滚烫的诗行，我仿佛听见你的泪珠落在键盘上的声音，我仿佛看见你的双手不停地颤抖，看到繁忙的脚步在行走。

我多么希望，时时刻刻都能伴在你的身旁，给你一个温暖的肩膀，给你一个安慰的拥抱。

每一次读你的心声，我心里总会充满无限的敬仰，我庆幸在你的心里，拥有一处可以驻扎的角落，你会将对我的思念沉浸在一篇篇你的心语里。

在夜深人静的时刻，慢慢读懂你，我愿从那些为文章点缀生命的标点符号，读懂你的每一分感动，每一次激动，读懂你一生的情感。

默读是相思的温床，默读才能品味出你火热的情感。你虽然不是天上的太阳，没有永恒的光芒照亮我生活的轨迹，但你跋涉的姿态早已把生活的哲理写进时空，在回程的渴望中凝固成一个个醒目的标题。

穿过长长的感情隧道，穿过无数个被你踩碎的日子，我伫立在你经过的地方，默读着你诱人的风采和寓意，渴望再次阅读你那束火热的目光。

恋爱的风景

青春荡起我的一泓春水，生长出一丛丛新绿。

我揣着最初的羞怯，伫立于约定的地方，为你孤独的行囊装满爱的甘露和丰富的回忆。

一个鲜亮的世界，点燃了你兴奋的瞳孔。一个激动的声音，潮水般漫过我设防的堤岸，沿着我的痴情滚滚而下，一泻千里。

和风细雨中，我青春的脉络深处，一种欲念在疯狂拔节，裸露出躁动和不安。每每与你对视，我感情的原野上便会有雷声滚过，在青春之树下，裂变成呢喃的絮语，化作许诺的誓言，彩虹般挂在伊甸园的上空，熠熠放光。

恋爱的风景线上，始终倒映着朝朝暮暮的守望和青春的吻痕。在经历无数次惊喜和战栗之后，爱河开始涌动，进而掀起轩然大波，让古老的爱情酣畅淋漓。

我用眼泪折叠成缠绵的风铃。在起风的日子，反复敲打着惆怅满怀的窗棂，以为你已在我的世界里消失。

但在我的想象中，你正提着简单的行李，沿着人生的轨迹远行，追逐梦中的太阳。唯有在梦醒时分，你才能在重叠的记忆中找到我的影子。

我的心早已伴你一起远航，让我在梦中化作影子，伴你共同去抵御边关的寒霜。

让我的名字与你共同绿遍天涯，去润放爱情的花蕾，以最生动的形象完成生命最绝美的答卷。

漫步在恋爱的岁月里，我们的心境异常鲜亮。相思相守的身影凝固了，燃烧成一部爱的诗集。

独守誓言

你用满腔的痴情写下许多闪亮的文字，让天地动情，你远行的日子，我揣着那些温情细语，望断漫天的星座，让渴望的目光缀满爱的咒语，独守你人生的诺言。

相思，犹如一根古老的弦，一经拨动，便在你我的心中颤抖不止，让我每时每刻感动于那段难忘的岁月，笼罩在你的誓言中，欲罢不能。

以誓言为岸，你漂泊的人生便展示出生命的本意，定格出相思的全部内容。

夜风飘过的地方，我默读着泪水中蕴含的情节，独守着那段刻骨铭心的誓言。

细细倾听来自你心底的声音，我的目光便被你的坦诚灼伤，在朦胧中体味出爱的苦涩与幸福。

那是一种比风更轻的誓言，曾经盛开在爱的天空，我深深地陷在那神圣的光环中，任凭铮铮的声音掠过天空，轻轻抚摸着每一寸天空。

每次翻看那段誓言，我的心都会兴奋不已；每次回味那段誓言，我的瞳仁都会燃烧起你鲜活的面容。

走进那些誓言，我年轻的思想便会激荡出生命最辉煌的音节，迸发出爱情最迷人的色彩。

给我一根火柴吧，让我的痴情点亮你心头悬挂的所有灯盏，让你的微笑在我疲倦的思念中定格，照亮我独守誓言的身影。

孤独的情歌

伴随着古筝的声音，月光丰满了许多，唱起美妙的歌声，这源于天籁的美妙乐章，源于蹉跎岁月中的无悔追求。

情歌饱含柔情，散发着迷人的芳香，让孤独的我在冥冥之中感到，一组组动听的音节正在穿过红尘，款款而来，正化作袅袅余音，缠绕在我青春的枝头，让孤独的我感慨万千。

在仙乐的伴奏下，我的灵魂飘出体外，在月光的映照下飘然起舞，舞姿玄妙优美。

沿着流动的乐曲走进去，沉醉其中的群星便陷入对往事的回忆中，在满足中浮想联翩。

此时，没有你潇洒的情影，没有惬意的回顾，甚至没有斑斓的灯火，有的只是缠绵不断的情愫和梦中默默生长的相思林，是对美好生活的无限遐想。

夜风中，落进黑土地中的红豆，在唐诗宋词的沐浴下，慢慢生长出嫩芽，枝蔓，摇曳成痛苦的风景。歌声虽然孤独，却写满了我无奈的微笑，写满了我内心深处无眠的回忆。但我却丝毫感觉不到凄凉，因为在我的内心深处，独行的我有生死与共的伙伴，有不是兄弟胜似兄弟的依靠。

夜的一角，点点的渔火依旧驻足细听，五音不全的你吟唱着那首早已跑调儿的情歌，但你却饱含激情。面对你梦中的影子，我孤独的心绪顿时充盈起来。

月　夜

带血的夕阳消遁之后，爱的火焰仍在燃烧，且愈烧愈烈，犹如赤子浓浓的热血。

水洗过的月亮将相思轻轻托起，在寂静中盛开出淡雅的花朵，通体散发着幽香。

面对从山中走出的黛色，面对远山粗犷的祝福，我们的心在浓郁的氛围中驰骋，火热的激情在弥漫，进而以虔诚的姿态对着明月许下海誓山盟，让青春和冲动结出古老的果子。

透过动感的夜，我看到，无数古老的梦穿着新衣，在四处奔走，看到无数的玉兰花在夜的深处绽放，诞生出祥和的主题。

仰望宁静的月光，聆听来自心底的歌声，我在等待中默默感受着爱的博大和圣洁，让心灵的撞击诉说出此时的心境。

掬一捧柔情的月光吧，让浓浓的情感渗进我龟裂的心谷，生长出爱的风景。在恬静的夜风中，摇曳成青春的浮雕。

此时的爱情最甜美；

此时的相思最悠长。

倾　诉

我伫立于季节的边缘，反复默念你山一样的名字，任岁月残忍地剥蚀我贫穷的面庞。

四季的梦缠绕在我仍旧青春的枝头，但你沉重的回眸却异常艰难。

阳光灿烂的日子，总有一个熟悉的声音在轻声呼唤你，让我如注的目光倾诉出百般柔情。

只有在岁月深处，我倾诉的音符才能穿过星空的阻隔，嵌入你感情的原野。而红尘中跋涉的你仍全然不知，依然守望自己营造的时空。

一种声音在我的心中膨胀开来，化成一组甜美的交响曲。

倾诉是火热感情最真实的写照，我淹没在理性的思念中，把爱的絮语闪烁成含泪的目光，悲壮成你孤独的身影。

倾诉是爱最初的诺言，是我生命情感最动人的一部分，如同面对爱的圣像，奉献出我内心的虔诚，反复提纯高尚的欲望。

让每一个人动情，睁开兴奋的双眼。

让我们面对阳光大声倾诉吧，以不悔的追求探索出爱的真谛，让天地间永远回荡爱的福音。

思念的情节

梦幻深处，我用特殊的语言与你交谈。

在一片孤寂中，我遥望星空，在等待中默念你的芳名。

而你却在梦的另一端，端坐在窗明几净的房间，姿态楚楚动人，全然不知我此时的心境。

远行的鸽子收集着我的思念，收集着我灵魂深处爱的咒语。然后，在企盼中放飞，去畅想出一片蓝天。

在胧朦中，想象你的身影如何成为我生活的坐标，想象你如何吻痛我的面颊，想象你宽广的胸怀如何任我的智慧之帆乘风破浪，扬帆远航，而你兴奋地在为我大声加油，高高举起双手为我喝彩。

你的眸光深处，分明缀满了凄艳的笑意，缀满了昨日的相思，以及与我共鸣的音节。

此时，我闭目颔首，任思念的情绪在夜空中拔节，生长出阵阵焦渴。

面对流动的色彩，我们的心田放飞出吉祥的鸽群。

此刻，我们被禁锢许久的灵魂开始松动，生长出最亮丽的风景。五彩的风从我视野的深处刮来，弥散出梦幻的美景良宵。

透过奋飞的鸽群，流云划过染血的盔甲，划过散发着硝烟的征途，然后收集起我的片片思念，寄给远方的美人。

我们把凄艳的情爱挂于唇边，让孤独的枪口插满鲜花。面对遥远的天空和蜿蜒而去的河流，诠释出一个处子的爱心。

青春的血液在血管中猛涨，我满面通红地注视着徜徉在风景中的人们，感动得说不出话来，因为我们是这大好风光中最让人拍案叫绝的部分，一尊尊伟岸动情的浮雕。

流云的深处，我们企盼着美人的再度莅临。

爱的沼泽地

你的目光陷入那片诱人的沼泽，从此再没有移动，爱的氛围里忆念出的是那片红色的帆。

静思的窗口，繁衍出丛生的情丝，透过夜的屏幕，倒映着你跋涉的姿态，令思念的我如醉如痴。

阴霾的日子里，仰望一片白云，随远去的风放逐爱的思绪，让寂寞中生长出一丝绿意。

早就想约会你守望的倩影，读你妩媚的笑靥，读你投来的多情一瞥，以及腮边饱含相思的泪水。但绿色的海淹没了路，我无法迈动双脚。

爱切切，温柔如云；情漫漫，似一泓春水。

漫步于爱的沼泽，垂目斜阳，我不敢直白地对你表露我的爱意，只得远眺那片艳丽的帆，在记忆中游弋。

我不知道，你的目光能否点燃我心中的火把，照耀我游回爱的港湾。你火热的情怀早已使孤独的我怦然心动，萌生爱的焦渴。

走进你如注的目光，爱的沼泽在为我祝福。

雨中情

五彩的雨滴，携着你浓浓的情，渗入我处子般的心谷，发出阵阵轰鸣，将我久蓄的激情点燃，化作耀眼的闪电。

我感情的原野上，有雷声隆隆滚过，在朦胧中，释放出火热的激情。

在情的泥土上，爱以露珠的形式，自你的舌尖滴落，共鸣成感情的和弦。

青春顿时生动起来，在细雨中翩然起舞，爱情噼啪作响。透过被雨水洗过的灵魂，大片的痴情正被雨的音节溅起，化作美丽的瞬间，被记忆珍藏。

雨中的情潇潇洒洒，晶莹剔透，渗透着爱的无形张力；雨中的爱纷纷扬扬，结满了情的甜美果实。

雨中情，甜美动人，雨挂在你长长的睫毛，和你的明眸皓齿共同演绎成一种风景，在尘世中流泻。

行走在雨的音色里，我渴望在蒙蒙细雨中，打开你的世界，轻读你内心深处的日记，然后与五彩的虹细声交谈，让不老的故事诞生出新鲜的内容。

感受一次舞会

置身于激昂的氛围中，在流淌的灯光下，让青春潇洒地起舞。

就这样，我在浪漫的簇拥下，轻挽柔情，滑入舞池，在彩风的乐曲中打捞自己的青春。

透过流淌的音乐，你的歌声触及我的脚步，每一个节拍，都轻叩着我涨潮的心扇，每一个节拍，都渗透着你浓浓的情愫。

一颗心穿过鲜活的思维，溢出耀眼的光芒，在夜风中弥散出朦胧的醉意。

就这样，在陌生的KTV包房，我们边歌边舞，任斑斓的灯火摇曳成梦中的风景，任你诱人的笑靥化作爱的摇篮。

你的鼻翼早已渗出微微细汗，但你仍旧睁着兴奋的双眼，在狂歌劲舞，风姿绰约。

我的痴情，正如火焚烧。

不要说聚散是梦中的轮回，不要说人生如同一场游戏。

你的舞姿早已在我的心田开出一片风景，使我走出孤独，走进你闪亮的唇。

舞女

除了漂亮的脸蛋和苗条的身材，你一无所有。

在夜的舞池中，你扯一片浪漫披于肩头，轻挽着青春，等待着一次次陌生的邀请。在变换的灯光里，你高耸的乳峰流露出万种风情，流露出妖冶的表情，吸引着一束束异样的目光，使一颗颗邪念的心充血，潮涌。

你把自己的一切都交给了旋转的舞厅，交给了旋转的音乐和那些饥渴的目光。

以一种妩媚去博得陌生男人的欢心。

以一种风情去推销自己的身体。

青春依然美丽，且姿态楚楚动人。

音乐依然纯洁如水。流淌着潇洒与风流。

就这样，在斑斓的灯光中，你明眸皓齿粉墨登场，走进都市的夜总会，走进KTV包房，走进……

就这样，在纸醉金迷的乐曲声中，你被陌生的手臂搂着忧伤的心灵狂歌劲舞，令金币欲火如焚。

哦，妙龄女郎，你明知人生不仅仅是一场舞会，却要将青春浸泡在灯红酒绿中，任人宰割。

明知爱情不是一次简单的游戏，却要对陌生的男人卿卿我我，如醉如痴。

曲终人散，人生如梦。

一觉醒来，你是否怀恋给你带来欢乐和忧伤的舞厅。

抚琴的盲女

虽然世界对你没有了色彩，但你的心底始终起伏着那个彩色的梦，燃烧着五彩的火炬。

就这样，在灯火闪烁的舞台，一把琵琶半遮了你忧伤的眼睛。就这样，无言的话语诉说出你孤独的心境。

伴随着心弦的颤动，你的纤纤十指梳理着最后的歌声。一支彩色的乐曲自你的指间滴落，膨胀开来，在五彩的世界发出阵阵共鸣。

这是一种色彩的倾诉，每一个音符，纷纷扬扬，洒在人们心灵的深处，盛开出艳丽的花朵；

每一组乐章，都汇聚成意象的河流，在观众的眼中流淌。

你在灯火阑珊处尽情弹唱着，以一腔痴情，诉说出对五色世界的无限向往。以火热的琴声，点燃春天的花朵，浇灌夏日的绿叶，演奏成世界上最纯粹的音乐。

虽然，你看不到世界的色彩。

虽然，你看不到观众兴奋的面孔。

但彩色的掌声已在你的耳膜炸响，传说中的色彩已在你的心田聚焦，叠映出鲜亮的主题。

世界在你的想象中变得绚丽多姿，温情的风在徐徐吹过。

掌声响起处，你明眸无神的眼中，有泪水在涌动。

指间有鲜血在渗出。

我的鲁院①情结

～

　　始终以一颗朝圣的心在追逐着一个梦，一个埋藏在心底让我魂牵梦萦的梦；始终以虔诚的心一千次一万次默念着你的名字，把你的古色古香的名字刻在我记忆的枝头。鲁院，一座闪烁着民族智慧灵光的文学圣殿，在一个初冬的早晨悄然接见了我，一个穿行在文字森林的汉子。

　　那是一个暖暖的初冬，阳光黄花般盛开在寂静的午后，我怀着一颗激动却又忐忑不安的心，一步踏进我梦寐已久的文学殿堂——鲁迅文学院，这个作家的摇篮。中华民族五千多年的汉字数以万计，但只有鲁迅文学院这几个汉字的完美组合，才使得那座氤氲着浓郁文学气息、错落有致的院落有了深厚的底蕴，有了一种神奇的魔力，才使得这里积淀起中华文明五千年的强大磁场，吸引着一代又一代慕名而来的莘莘学子。

　　能够在万人瞩目的神圣殿堂，聆听大师的谆谆教诲，去解析文学创作的神秘密码，度过人生最为难忘的时光，这对于在文学创作之路上摸索前行的我来说，像从天而降的甘霖。

　　慢慢走进那座神圣的文学圣殿的台阶，让和煦的风紧紧包裹着我的局促与不安，在心中激荡起浅浅的冲动，在你身边，惴惴不安地轻叩着你那两扇神秘的大门，渴望被你巨大的磁场和巨大的光环感染、笼罩，为你深厚的文化底蕴所吸引。在这闪烁着高耸文学高地面前，心有灵犀的我已经强烈地感到，这里将成为我终身记忆的最强烈印记，载入我生命的史册。

　　沿着轰然打开的大门，我犹如在文字中游荡多年的顽童，快步跑向自己文学灵魂的归宿，集合于你闪亮的旗帜下。

---

　　① 指鲁迅文学院。

二

鲁迅文学院的面积并不大，但却拥有了浓重的文学气息。沿着你幽深的血管走进去，沿着哗哗流淌的历史潮水走进去，闪现出先秦散文、唐诗宋词、明清小说等作者的影子，他们用灵动的翅膀使这些古代文学作品有了生命，产生了十足的动感，涌现出了一个个灿若星辰的偶像，被古老的风传唱。

树木葳蕤的园子深处，掩映着茅盾、丁玲、郭沫若、巴金、赵树理、艾青等人的雕像。置身于大师之间，犹如身处在丛林之中，或在星空之下，于是，我感到这里一种强大气场的存在，令人肃穆庄严，也感觉到安宁和慰藉，在这里不仅莘莘学子在注目仰视，甚至还有不同肤色的外国友人在注视着这些文学巨匠，渴求寻找到这个东方古国博大精深的文学积淀的答案。

太阳如炬，照射着鲁院中的文学大师们的塑像，路径旁的树丛中，那些神采奕奕的作家雕像，让我驻足膜拜。最醒目的地方矗立着鲁迅的金属雕铸的头像，虽然是正面头像，却没有完整地呈现他的五官，只是在坚挺的鼻子右侧，夸张地突出高扬的浓眉和微闭的略略下垂的眼角，表情凌厉而镇静，让人不禁想起他的名句"横眉冷对千夫指"。我仿佛感受到了先生的灵魂和气息，感觉到了先生在绍兴的水乡，凝望着一片天宇中发出心灵的呐喊，站在鲁迅高傲的头像下的时候，一轮首都的太阳喷薄而出，让我浑身透亮，我不由得双手重叠，放在膨胀的胸口处，溢满眼窝的泪水悄然流下，仿佛自己已被淹没进文学的浩瀚之海。

大凡到鲁院的人，无论是求学的，还是参观的，都会怀揣文学之梦，不知有多少回在现实中反复叩问：文学是什么？文学能给予我们什么？是先生在文学道路上的引领。在这里，一切的一切，多像经年前少儿时我在学校读书时的场景，感动的情愫禁不住在心底泛出。

三

上课的铃声急促地响起，这是我久违的铃声，仿如隔世，却又如此亲切。伴随着铃声，情绪有些激动的我，随着同学们一起步入教室，我们再次回到懵懂时期。教室里安安静静，我们就是一个个虔诚的文学教徒。在长达四个月的脱产学时间里，几十位当代著名作家成为我们的课堂老师和指导老师，有幸聆听他们的授课，这样难得的殊荣和机遇，不是每一位文学爱好者都能听到大师们的谆谆教诲，这让我们这些前行在文学之路上的学员心存感恩。

在鲁院学习的时间并不很紧迫，却很珍贵，在这里，我们燃起了渴求的目光，像海绵一样吸收着古今中外文化博大精深的文学内涵，在思考中，使自己昔日的文学创作回归到理性的创作，文学造诣上得以进一步升华和提高，久而久之，便萌生了创作的欲望，一种在新的起点上的远航。四万余字的报告文学《火海忠魂》在这里诞生；描写公安民警保卫民营企业改革，与犯罪分子斗智斗勇的长篇小说《暗斗》也创作完成……

人生的旅途虽说是漫长的，但当你回首往事的时候却又是如此的短暂。生命中那些令人难忘的美好画面，就像是一帧帧如诗的风景闪现，当我以文字来记录下这一桩桩、一件件事的时候，总会被这灵动的文字感染，使我情不自禁拿起了手中的笔，为正义讴歌，创作出传世的诗篇。

从单纯的创作到剑胆琴心的华丽转身，便是我在鲁迅文学院学习的最大收获。

跋

散文诗是我最喜欢的一种文学体裁，自从我最初接触到散文诗，就对它情有独钟，将它视作自己的梦中情人。

从20世纪80年代步入公安队伍迄今，我已经参加工作36年。业余时间我创作了4部长篇小说和10多篇报告文学，但写得最多的就是散文诗，也深得中国散文诗学会会长柯蓝先生，及石英、杨锦、乔雨等人的高度评价，称我是中国散文诗的奇才。

本书是我的第三本散文诗集，是从我发表的近500章散文诗中精选出来的239章，这也是我人生积累的一种精神财富，凝聚了我很多心血。我参加过10多次中国作协和中国散文诗学会组织的各种笔会，也参加过鲁迅文学院举办的高级研修班，这对于一个基层的公安作家来说，无疑是一种奢望。

在同各位师长的交流中，不可避免地谈到了散文诗创作。散文诗既有散文的灵动、洒脱、自由，又有诗歌的意境、抒情、凝练，表现形式千姿百态，有广阔的发展空间，目前已经成为独立的艺术门类。但中国散文诗的发展也很不平衡，作品质量参差不齐。有的只见景物投影，不见人物思想感情的闪光；有的空泛地说教，言之无物，不能令读者倾心动情。中国散文诗应该立于文学之林，是人生、社会、时代的反射镜，是小我与大我的完整统一。散文诗创作要求作者踏踏实实地做人，认认真真地探索创作规律，不论是自己还是他人的生活遭际，都能够引发联想，把内心活动表达出来呈现给广大读者。

时代发展的今天，互联网时代来临，越来越多的真实的感情流露，深得人们关注。越来越多的独立思考、个性绽放，以及多元化的人性、审美、价值观念日渐成风，散文诗正在被人们崇尚。

这些散文诗结集出版，并不能说明我的文学功底深厚、写作技法娴熟，因为我的很多思想、观点，以及文字都来自警察这个群体，是他们的感情、生活深深感染了我，这也是他们深刻人生哲理的集中体现。

感恩是一个永远的主题，感谢全国公安文联、中国作协、鲁迅文学院对我的培养，使我的手从拿枪变为拿笔，文学给了我精神给养，宽松的环境给予了我灵魂自由驰骋的空间，感谢那些给我智慧和力量的师长、朋友，是他们的火热的激情给我提供了源源不断的正能量。

张和平

2021年8月18日于和平斋